母亲与家风

傅瑛 孙红 著

时代出版传媒股份有限公司
安徽文艺出版社

图书在版编目（ＣＩＰ）数据

母亲与家风 / 傅瑛，孙红著. -- 合肥 ： 安徽文艺
出版社，2025. 1. -- ISBN 978-7-5396-8112-2

Ⅰ. I247.81

中国国家版本馆 CIP 数据核字第 20247VP822 号

母亲与家风

MUQIN YU JIAFENG

出 版 人：姚　巍

责任编辑：宋潇婧　　　　　　　　封面设计：李　超

出版发行：安徽文艺出版社　　www.awpub.com

地　　址：合肥市翡翠路 1118 号　　邮政编码：230071

营 销 部：(0551)63533889

印　　制：永清县晔盛亚胶印有限公司　　(0316)6658662

开本：700×1000　1/16　印张：12.25　字数：140 千字

版次：2025 年 1 月第 1 版

印次：2025 年 1 月第 1 次印刷

定价：69.50 元

目录

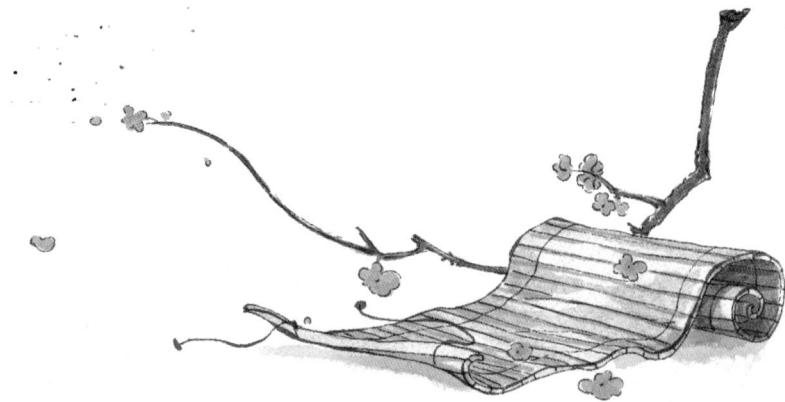

以身作则为母仪

——曹操之妻卞夫人

东汉延熹二年（159），琅邪开阳（今山东临沂）一个姓卞的贫穷人家，迎来了呱呱坠地的女婴。二十年后，这女孩出落得楚楚动人，随卖艺的父母流浪到亳州地界，不料，竟被曹操一眼看中，成了曹操的姑室，称卞夫人。中平四年（187）冬天，卞夫人生下了曹丕，也就是后来的魏文帝。

两年之后，东汉王朝天翻地覆。大将军何进死于非命，凉州军阀董卓进入洛阳，操控朝政。他废少帝刘辩，改立献帝刘协，直闹得朝廷混乱不堪，众臣不服。此时，

1

董卓急需有人协助，他四下打量，觉得曹操是个人才，于是封他为骁骑校尉。曹操拒绝赴任，带着几个亲信，微服逃出洛阳城，一时竟不知去向。不久，一个噩耗传到曹家，说是曹操已死，阖府上下，顿时乱作一团，哭的哭，闹的闹。许多早先投靠他的部下，也觉得没了奔头，想要各奔前程。这时，见多识广的卞氏挺身而出，有理有据地劝说大家："曹君的生死不能光凭几句传言来确定。假如流言是别人编造的假话，你们今天辞归乡里，明天曹君平安返回，还有什么面目见主人？即便有灾祸，大家也应当同生共死啊！"众人一听，都觉得很有道理，一场动乱就这样平息下来。

又过了几年，因为长子曹昂死于战事，曹操与原配丁夫人闹了矛盾，终于离异。卞夫人深明大义，又生有曹丕、曹彰、曹植、曹熊四子，其中曹丕还是仅次于曹昂的第二个儿子，所以，她顺理成章地成为曹操正妻。此后，卞夫人辅助丈夫、教养儿女、善待姬妾，尽心尽力。曹操儿女众多，姬妾中不少人早逝，留下年幼的孩子，卞夫人对他们一视同仁，细心周到地抚养教育，使得曹操很感欣慰。就连已经与曹操离异的丁夫人，卞氏也处处照应。她常请丁夫人回宫赴宴，并且将与丈夫并排的嫡妻座位留给丁夫人，自己退居妾位。

建安二十一年（216），献帝传诏，封曹操为魏王，卞氏当了王后。第二年，曹操选定曹丕做自己的继承人。这一来，许多人跑到卞后那里祝贺、讨赏。卞夫人淡淡地回答："曹丕现在是长子，所以为嗣。我作为母亲，能够在教导儿子方面没有过失就足够了。我们母子没有什么功劳，有什么值得祝贺的呢？"曹操听说此话，非常高兴，连连赞扬："愤怒不变容态、喜悦不失礼节，这真是太难得了。"

身居高位的卞夫人崇尚节俭，衣无文绣，饰无珠玉，居室内的家具都不用彩漆绘画，一色素黑而已。有一次，曹操在外头得到几副精美的耳环，拿回王府让卞夫人首先挑选。卞夫人看了看，只选了一副中等的。曹操很奇怪，卞夫人却笑笑说："要是选最好的，那是贪心；要是选最差的，就是虚伪；所以我择中等的。"卞夫人不仅自己节俭，也常常警示自己的家人："为人处世当务节俭，不应当期望赏赐，自图安逸。亲戚们怪我对他们不好，我也有自己的考虑。我侍奉武帝四五十年，节俭的时日长久，不能自变为奢。若有犯科禁的人，我会对他罪加一等，不要奢求钱米赏赐。"

有了卞王后的以身作则，开创之初的曹魏后宫，朴素、节俭成风。曹丕登上帝位后，也一直提倡节俭、薄葬。

文献资料：

《三国志·魏志·卷一》

会灵帝崩，太子即位，太后临朝。大将军何进与袁绍谋诛宦官，太后不听。进乃召董卓，欲以胁太后，《魏书》曰：太祖闻而笑之曰："阉竖之官，古今宜有，但世主不当假之权宠，使至于此。既治其罪，当诛元恶，一狱吏足矣，何必纷纷召外将乎？欲尽诛之，事必宣露，吾见其败也。"卓未至而进见杀。卓到，废帝为弘农王而立献帝，京都大乱。卓表太祖为骁骑校尉，欲与计事。太祖乃变易姓名，间行东归。

《三国志·魏志·卷五》

武宣卞皇后，琅邪开阳人，文帝母也，本倡家。（《魏书》曰：后以汉延熹三年十二月己巳生齐郡白亭，有黄气满室移日。父敬侯怪之，以问卜者王旦，旦曰："此吉祥也。")年二十，太祖于谯纳后为妾。

后随太祖至洛。及董卓为乱，太祖微服东出避难。袁术传太祖凶问，时太祖左右至洛者皆欲归，后止之曰："曹君吉凶未可知，今日还家，明日若在，何面目复相见也？正使祸至，共死何苦！"遂从后言。太祖闻而善之。

建安初，丁夫人废，遂以后为继室。诸子无母者，太祖皆令后养之。(《魏略》曰：太祖始有丁夫人，又刘夫人生子脩及清河长公主。刘早终，丁养子脩。子脩亡于穰，丁常言："将我儿杀之，都不复念！"遂哭泣无节。太祖忿之，遣归家，欲其意折。后太祖就见之，夫人方织，外人传云"公至"，夫人踞机如故。太祖到，抚其背曰："顾我共载归乎！"夫人不顾，又不应。太祖却行，立于户外，复云："得无尚可邪！"遂不应，太祖曰："真诀矣。"遂与绝，欲其家嫁之，其家不敢。初，丁夫人既为嫡，加有子脩，丁视后母子不足。后为继室，不念旧恶，因太祖出行，常四时使人馈遗，又私迎之，延以正坐而己下之，迎来送去，有如昔日。丁谢曰："废放之人，夫人何能常尔邪！"其后丁亡，后请太祖殡葬，许之，乃葬许城南。后太祖病困，自虑不起，叹曰："我前后行意，于心未曾有所负也。

假令死而有灵，子脩若问'我母所在'，我将何辞以答!"
《魏书》曰：后性约俭，不尚华丽，无文绣珠玉，器皆黑
漆。太祖常得名珰数具，命后自选一具，后取其中者，太
祖问其故，对曰："取其上者为贪，取其下者为伪，故取其
中者。"）文帝为太子，左右长御贺后曰："将军拜太子，
天下莫不欢喜，后当倾府藏赏赐。"后曰："王自以丕年大，
故用为嗣，我但当以免无教导之过为幸耳，亦何为当重赐
遗乎!"长御还，具以语太祖。太祖悦曰："怒不变容，喜
不失节，故是最为难。"

二十四年，拜为王后，策曰："夫人卞氏，抚养诸子，
有母仪之德。今进位王后，太子诸侯陪位，群卿上寿，减
国内死罪一等。"二十五年，太祖崩，文帝即王位，尊后曰
王太后，及践阼，尊后曰皇太后，称永寿宫。（《魏书》
曰：后以国用不足，减损御食，诸金银器物皆去之。东阿
王植，太后少子，最爱之。后植犯法，为有司所奏，文帝
令太后弟子奉车都尉兰持公卿议白太后，太后曰："不意此
儿所作如是，汝还语帝，不可以我故坏国法。"及自见帝，
不以为言。臣松之案：文帝梦磨钱，欲使文灭而更愈明，
以问周宣。宣答曰："此陛下家事，虽意欲尔，而太后不

听。"则太后用意，不得如此书所言也。《魏书》又曰：太后每随军征行，见高年白首，辄住车呼问，赐与绢帛，对之涕泣曰："恨父母不及我时也。"太后每见外亲，不假以颜色，常言："居处当务节俭，不当望赏赐，念自佚也。外舍当怪吾遇之太薄，吾自有常度故也。吾事武帝四五十年，行俭日久，不能自变为奢，有犯科禁者，吾且能加罪一等耳，莫望钱米恩贷也。"帝为太后弟秉起第，第成，太后幸第请诸家外亲，设下厨，无异膳。太后左右，菜食粟饭，无鱼肉。其俭如此。）明帝即位，尊太后曰太皇太后。

明慧贤达教子女

——刘惔之母任氏

魏晋时期，古沛相山（今安徽淮北）有一位名叫刘耽的人，当过晋陵太守。刘耽娶妻任氏，至少生了一子一女。女儿嫁给东晋名士、历史上大名鼎鼎、指挥了著名的"淝水之战"的宰相谢安；儿子刘惔不仅是东晋清谈之首，而且娶晋明帝的女儿庐陵公主为妻，是一个不折不扣的驸马爷。

那么，任氏是个什么样的女人呢？中国的历史记载对于女人常常表现得十分吝啬。任氏于史无传，但在有关她儿子的记述中，我们还是能看到这名女性超乎寻常的明慧。

9

刘惔年轻的时候家里很穷。据《晋书·刘惔传》记载，他"与母任氏寓居京口，家贫，织芒屩以为养，虽筚门陋巷，晏如也"。这就是说，早年的刘惔是靠织草鞋为生的，后来渐有才名。儿子能够出人头地，渐显才名，放在有些人家里，当娘的还不得口沫飞溅，四处夸耀？可是，任氏却很清醒。有人将刘惔比成当时颇有名望的袁羊，刘惔十分高兴，颠颠儿地跑回家报告母亲，任氏却兜头给了他一瓢冷水："这不是你能比的，千万别相信!"没多久，又有人将刘惔比成善清谈、在任内"大兴学校，甚有惠政"的东阳太守范汪，刘惔又高兴了，得意洋洋地告诉老娘，当娘的还是那么冷静，一语击破泡沫。

有了这样一位母亲，儿子刘惔"年德转升，论者遂比之荀粲"，女儿也是超凡脱俗，丰采别具。

中国古代文献记载了不少有关刘氏——谢安妻的故事。比如，她阻止谢安娶妾，朋友们抬出《关雎》为据，说"窈窕淑女，君子好逑"是圣人之言，刘夫人立即反问："《关雎》是谁作的?"朋友们异口同声回答："周公。"刘夫人说："要是周婆所作，就不会这么说了吧?"读到这里，我相信很多人都会莞尔一笑，但一笑之后，是不是还能品出刘氏对女性权益坚定不移的维护，还有她难得的机敏？

再比如，谢家女伎正在表演，谢安看了一会儿，妻子却放下帷幕。谢安想继续看，刘氏的回答是"恐伤盛德"——翻译成白话是"怕损害你的美德"，再说白一点儿，刘氏怕丈夫耽于享乐，却先恭维丈夫是个具有美德之人，让谢安不得不从。仔细想想，巧言与智慧之外，正是妻子对丈夫事业的一种鞭策与鼓励。

文献资料:

《晋书·卷七十五·列传第四十五》

刘惔字真长，沛国相人也。祖宏，字终嘏，光禄勋。宏兄粹，字纯嘏，侍中。宏弟潢，字冲嘏，吏部尚书。并有名中朝。时人语曰："洛中雅雅有三嘏。"父耽，晋陵太守，亦知名。惔少清远，有标奇，与母任氏寓居京口，家贫，织芒屩以为养，虽荜门陋巷，晏如也。人未之识，惟王导深器之。后稍知名，论者比之袁羊。惔喜，还告其母。其母，聪明妇人也，谓之曰："此非汝比，勿受之。"又有方之范汪者。惔复喜，母又不听。及惔年德转升，论者遂比之荀粲。尚明帝女庐陵公主。以惔雅善言理，简文帝初作相，与王濛并为谈客，俱蒙上宾礼。

《晋书·卷七十九·列传第四十九》

谢安，字安石……安妻，刘惔妹也。

《艺文类聚·卷三十五·妒记》

谢太傅刘夫人，不令公有别房。公既深好声乐，复遂颇欲立妓妾。兄子外生等微达此旨，共问讯刘夫人，因方便，称："《关雎》《螽斯》，有不忌之德。"夫人知以讽己，乃问："谁撰此诗？"答云："周公。"夫人曰："周公是男子，相为尔，若使周姥撰诗，当无此也。"

《世说新语·贤媛》

谢公夫人帏诸婢，使在前作伎，使太傅暂见，便下帏。太傅索更开，夫人云："恐伤盛德。"

督子清修成大器

——嵇含之母

魏晋年间，皖北有个嵇家，就住在临涣与涡阳交界的嵇山附近。说起来，嵇氏家族并不是本地人，王隐的《晋书》与郦道元的《水经注》里都说，嵇家祖上本姓奚，住在会稽上虞，也就是如今的浙东绍兴一带，后来为躲避仇家，才迁徙到北方的谯国铚地，并改姓为嵇。

年华似水，嵇家在皖北落地生根。几代人之后，有了史上留名的两兄弟——嵇喜和嵇康。颜值甚高、才华出众、满怀正气的嵇康连同那曲摄人心魄的《广陵散》，早已为人熟知。其实，人们可能不太熟悉的嵇喜也是个青史留名的人物。嵇喜字公穆，出任过江夏太守、徐州刺史、扬州刺史、太仆、宗正等一系列要职，《晋书·武帝纪》还记载他曾两次击破来犯之敌，保卫了国家的安全。

晚年的嵇喜不再是统辖一方的大臣，而是进入皇权中心的显贵。这一阶段的嵇氏家族，称得上门庭显赫——嵇康之子嵇绍凭借山涛的推荐顺利进入官场，官拜侍中；而嵇喜的儿子嵇蕃，出仕时间更早于嵇绍。尽管嵇蕃寿命不长，但活着的时候，曾为太子舍人，死后，一篇题为《答赵景真书》的散文，一直流传至今。

按照今天人们的思维习惯来说，作为嵇喜的孙子，嵇含出生在这样一个官宦世家，应当是锦衣玉食，高枕无忧，潇洒度日。但令人想不到的是，嵇含幼年丧父。举家哀恸之际，泪眼望向身边哀哀而泣、楚楚可怜的独苗苗，嵇含的母亲并没有将他当心肝宝贝一样托在手心，护在怀中，反倒毅然决然地要求他离开家，住到父亲墓旁，一边尽孝，为亡父守灵，一边阅读艺文，以求承继祖志。于是，年幼的嵇含卷起铺盖，离开家园，住进坟地，与荒山为伴，经雨雪风霜。在年复一年的祭扫与诗文诵读之中，他身边的草木从"弱茎狷狷"到"绿叶冉冉"，越是在阴冷的冬季，越显得枝繁叶茂。而嵇含也终于在严格训导中成材成人。几年后，英姿勃勃的嵇含回归家园，为自家门额题写了"归厚之门"四个大字，又将书房命名为"慎终之室"。无论是"归厚"还是"慎终"，透露出来的，都是年轻的嵇含那一种宏远的志向和坚守的决心。

若干年后，嵇含完成了中国历史上的一部奇书——《南方草木状》。这本书以隽美的文辞分门别类地介绍了八十种植物的形态、性味、功能、产地以及相关的历史掌故。其中有关无土栽培、生物防治害虫等技术的记载，在当时都是世界第一。近年来，人们对《南方草木状》的评价越来越高，有人称它是"世界上最早的区系植物志"，比西方的植物学专著还要早一千多年，这么说来，嵇含或许是世界上第一位植物学家。但仔细想想，若没有当年母亲的那一种坚持，生活的那一番淬打，嵇含又怎会有如此作为？

文献资料:

［北魏］郦道元《水经注·淮水》

又东迳嵇山北，嵇氏故居。嵇康本姓奚，会稽人也。先人自会稽迁于谯之铚县，改为嵇氏，取"稽"字之上以为姓，盖志本也。

《晋书·卷四十九·列传第十九》

嵇康字叔夜，谯国铚人也。其先姓奚，会稽上虞人，以避怨，徙焉。铚有嵇山，家于其侧，因而命氏。兄喜，有当世才，历太仆、宗正。

《晋书·卷八十九·列传五十九》

嵇绍字延祖，魏中散大夫康之子也。十岁而孤，事母孝谨。以父得罪，靖居私门。山涛领选，启武帝曰："《康诰》有言：'父子罪不相及。'嵇绍贤佐郤缺，宜加旌命，请为秘书郎。"帝谓涛曰："如卿所言，乃堪为丞，何但郎也。"乃发诏征之，起家为秘书丞。

《晋书·卷八十九·列传五十九》

（嵇）含字君道。祖喜，徐州刺史。父蕃，太子舍人。含好学能属文……自号亳丘子，门曰"归厚之门"，室曰"慎终之室"。

［晋］嵇含《长生树赋》：

余婴丁闵凶，靡所定居，老母垂圣善之训，以为生事爱敬，没则无改，宜居墓次，瞻奉威灵，兼览艺文，可以不殒先轨。祗奉慈令，遂家于坟左，扫除坛封，种植松柏。松柏之下，不滋非类之草……美我亲之仁孝，故征瑞之必招，降祖宗之遗德，振奇木之青条，结根擢干，载生无渐，弱茎猗猗，绿叶冉冉。处阴冬而愈茂，岂茎叶之有点。感自然以旌贤，谅有道之不掩。

吕母家教千载传

——吕希哲之母鲁氏

北宋时，寿州（今安徽凤台）走出一位名叫吕公著的人，他曾任御史中丞，拜尚书右仆射，兼中书侍郎，与司马光同心辅政，被封为申国公，政声显赫。吕公著出身于皖北名门世家，父亲是北宋仁宗时期的宰相吕夷简，叔祖父吕蒙正是太平兴国二年（977）丁丑科的状元，曾三次登上相位，封许国公、授太子太师。从这样一个世代为儒的家庭走来，吕公著年轻的时候就堪称满腹经纶，被欧阳修称为"器识深远，沉静寡言，富贵不染其心，利害不移其守"，而司马光则说："每次听到公著讲学，就觉得自己的话令人烦闷。"

吕公著一生门徒遍天下，也包括他自己的儿子吕希哲、吕希绩、吕希纯。若干年后，长子吕希哲再度名扬天下，成为赫赫有名的一代教育大家。不过，说起他的成长历程，人们交口称赞的，还是他的母亲。

据朱熹《小学》记载，吕公著虽然名扬天下，在家时却不爱说话，常常沉默寡言，更不会为家务操心。孩子们的日常起居与行为规范，全靠母亲鲁氏管理。鲁氏是北宋名臣、亳州人鲁宗道的女儿，自幼受到良好的教育，有见识，知礼仪，能决断。正如天下所有的母亲一样，鲁氏也爱自己的孩子。由于娘家、婆家都是高门大户，她首先想到的，是绝不能让儿子成为纨绔子弟。因此，她的爱子之道，第一条就是爱而不娇，立规矩，讲礼仪。孩子见长辈，必须衣冠整齐；平常在家里，哪怕天气很热，只要在长辈身边，晚辈就不准脱去头上的巾、脚上的袜；长辈不让坐下，就必须规规矩矩站在一边。为了让孩子们保有纯真的性情，鲁氏还规定他们结交的朋友、阅读的书籍，都要经过严格挑选。

一方面是严格的行为规范，另一方面则是榜样的树立。

由于家族的原因，吕家常有当世著名学者光临，鲁氏抓住每一个机会让儿子们向这些学术大家学习。有一次，吕公著在颍州任上，范仲淹路过此地，两人相见甚欢，范仲淹对吕公著说："近朱者赤，近墨者黑。你在欧阳修身边做事，真是太好了，正好多向他请教作文写诗的技巧啊。"鲁氏听了，觉得这话很有道理，事后即以此语教导儿子，给吕希哲留下了深刻印象。

由于性情纯一，志向高洁，吕希哲长大后成为"荥阳学派"的开创者。他虽然当过兵部员外郎、崇政殿说书、右司谏、光禄少卿，但最终还是远远地离开了京师，居住在皖北乡间，收徒讲学。令人佩服的是，在皖北，吕希哲虽然日子过得清苦，有时连饭也吃不上，却始终淡定如初，著书为文，不曾停歇。正像他的诗作所写的那样："除却借书沽酒外，更无一事扰公私。"

吕希哲身后，吕家的教育故事还在延续。希哲之孙吕本中，不仅诗学理论很出名，也是一位很有影响的教育家，所到之处，士子争相投于门下，可谓桃李满天下。五世孙吕祖谦，世称东莱先生，南渡后居金华，主讲丽泽书院，弟子众多，学术影响极大，几乎可以和朱熹、陆九渊并肩而立。

　　为了世世代代记住家教传统，吕本中将鲁氏的言行写进吕氏家训读本《童蒙训》，一直流传至今。

文献资料：

《宋史·卷三百三十六·列传第九十五》

吕公著字晦叔，幼嗜学，至忘寝食。父夷简器异之，曰："他日必为公辅。"恩补奉礼郎，登进士第，召试馆职，不就。通判颍州，郡守欧阳修与为讲学之友。

……元祐元年，拜尚书右仆射兼中书侍郎……三年四月，恳辞位，拜司空、同平章军国事。宋兴以来，宰相以三公平章重事者四人，而公著与父居其二，士艳其荣……明年二月薨，年七十二。太皇太后见辅臣泣曰："邦国不幸，司马相公既亡，吕司空复逝。"痛悯久之。帝亦悲感，即诣其家临奠，赐金帛万。赠太师、申国公，谥曰正献，御书碑首曰：纯诚厚德。

公著自少讲学，即以治心养性为本，平居无疾言遽色，于声利纷华，泊然无所好。暑不挥扇，寒不亲火，简重清静，盖天禀然。其识虑深敏，量闳而学粹，遇事善决，苟便于国，不以私利害动其心。与人交，出于至诚，好德乐善，见士大夫以人物为意者，必问其所知与其所闻，参互考实，以达于上。每议政事，博取众善以为善，至所当守，则毅然不回夺。神宗尝言其于人材不欺，如权衡之称物。尤能避远声迹，不以知人自处。

……希哲字原明，少从焦千之、孙复、石介、胡瑗学，复从程颢、程颐、张载游，闻见由是益广。以荫入官，父友王安石劝其勿事科举，以侥幸利禄，遂绝意进取。

［元］张光祖《言行龟鉴》

吕荥阳公更历中外，凡典五州。晚居宿州、真、扬间，十余年，衣食不给，有至绝粮数日者。其在和州，尝作诗云："除却借书沽酒外，更无一事扰公私。"古人清白如此。吕荥阳公曰："养心莫善于寡欲。天下之难持者莫如心，天下之易染者莫如欲。善养心者，正其思而已矣。目欲纷丽之色，视思明，则色欲寡矣。耳欲郑卫之声，听思聪，则声欲寡矣。口欲天下之美味，思夏禹之菲饮食，则口欲寡矣。身欲天下之文绣，思文王之卑服，则身欲寡矣。寡欲如此，而心不治，未之有也。"

[宋] 吕本中《童蒙训·卷上》

正献公教子既有法，而申国鲁夫人，简肃公讳宗道之女，闺门之内，举动皆有法则。荥阳公年十岁，夫人命对正献公则不得坐，命之坐则坐，不问不得对。诸子出入，不得入酒肆茶肆。每诸妇侍立，诸女少者则从妇傍。……

正献公年三十余，通判颍州，已有重名。范文正公以资政殿学士知青州，过颍，来复谒公，呼公谓之曰："太傅，近朱者赤，近墨者黑，欧阳永叔在此，太傅宜频近笔研。"申国夫人在厅，事后闻其语，尝举以教荥阳公焉。前辈规劝恳切，出于至诚，类如此也。

[宋] 朱熹《小学·外篇·善行第六》

吕荥公，名希哲，字原明，申国正献公之长子。正献公居家简重寡默，不以事物经心，而申国夫人性严有法，虽甚爱公，然教公事事循蹈规矩。甫十岁，祁寒暑雨侍立，终日不命之坐不敢坐也。日必冠带以见长者。平居虽甚热，在父母长者之侧，不得去巾袜、缚裤、衣服。唯谨。行步出入无得入茶肆酒肆。市井里巷之语，郑、卫之音，未尝一经于耳。不正之书，非礼之色，未尝一接于目。正献公通判颍州，欧阳公适知州事。焦先生千之伯强，客文忠公所。严毅方正。正献公招延之，使教诸子。诸生小有过差，先生端坐召与相对，终日竟夕不与之语。诸生恐惧畏伏，先生方略降辞色。时公方十余岁，内则正献公与申国夫人教训如此之严，外则焦先生化导如此之笃。故公德器成就，大异众人。

《宋史·卷三百七十六·列传第一百三十五》

吕本中字居仁，元祐宰相公著之曾孙、好问之子。幼而敏悟，公著奇爱之。公著薨，宣仁太后及哲宗临奠，诸童稚立庭下，宣仁独进本中，摩其头曰："孝于亲，忠于君，儿勉焉。"祖希哲师程颐，本中闻见习熟。少长，从杨时、游酢、尹焞游，三家或有疑异，未尝苟同。……七年，上幸建康，本中奏曰："当今之计，必先为恢复事业，求人才，恤民隐，讲明法度，详审刑政，开直言之路，俾人人得以尽情。然后练兵谋帅，增师上流，固守淮甸，使江南先有不可动之势，伺彼有衅，一举可克。若徒有恢复之志，而无其策，邦本未强，恐生他患。今江南、两浙科须日繁，闾里告病，倘有水旱乏绝，奸宄窃发，未审朝廷何以待之？近者臣庶劝兴师问罪者，不可胜数，观其辞固甚顺，考其实不可行。大抵献言之人，与朝廷利害绝不相侔，言不酬，事不济，则脱身而去。朝廷施设失当，谁任其咎？鸷鸟将击，必匿其形，今朝廷于进取未有秋毫之实，所下诏命，已传贼境，使之得以为备，非策也。"……八年二月，迁中书舍人。三月，兼侍讲。六月，兼权直学士院。……卒，学者称为东莱先生，赐谥文清。有诗二十卷得黄庭坚陈师道句法，《春秋解》一十卷、《童蒙训》三卷、《师友渊源录》五卷行于世。

蕙心纨质育英才

——方以智姑母方维仪

清代雍乾年间，桐城有一位文人叫姚兴泉。他写了一首诗，名为《桐城好》。其中有几句是这样说的："桐城好，母氏更操心。有父做官还做客，教儿宜古还宜今。"确实，在桐城，人们普遍意识到母教的重要性，许多家族都很看重对女儿的培养，其中方氏、吴氏家族尤为突出。清初著名学者朱彝尊就曾说过："龙眠闺阁多才，方、吴二门称盛。"这两家的才女常常聚会雅集，吟诗作赋，并且自然而然地使这种文学氛围笼罩全家，对子女教育起到了非同寻常的作用。

其中，明末清初著名学术大师方以智的姑母方维仪，就是杰出的一位。

方维仪是明代大理寺少卿方大镇的第二个女儿。父亲、姐姐、弟弟，个个博学多才。生长在这样一个文化家族，方维仪自幼耳濡目染，"文史宏瞻，兼工诗画"。十七岁那年，她出嫁了，丈夫是同样出自桐城名门的青年才俊、表兄姚孙棨。然而，这场婚姻从一开始就笼罩着一片愁云惨雾。年纪轻轻的姚孙棨尽管学问很好，却已卧病多年。尽管新媳妇头不安枕，食不甘味，尽心尽力侍奉多日，他还是早早去世了。眼睁睁地看着心上人撒手归西，方维仪痛不欲生。可悲剧并没有到此结束，姚孙棨留下的唯一骨肉，可怜的遗腹女也在九个月时不幸夭折。流干了眼泪的方维仪一个人回到娘家，孤零零地住进自己出嫁前的"清芬阁"中。

人们都在担心方二小姐今后该怎样活下去。是的，人生遭遇如此不幸，一个柔弱的女子，恐怕只能一辈子苦泪孤灯，沉浸在无尽的哀怨里。但方维仪不一样，她是个有志向、有学识、有追求的女子。居于清芬阁中，她继续博览群书，勤奋著述。兄弟姊妹以及方、姚两家子侄，都对她心悦诚服，拜她为师。于是，幽静的清芬阁很快成了一所学堂，年轻人来来往往，问书求教，方维仪俨然是个老师。就这样，在这间普普通通的居室中，方维仪度过六十六年漫长的日子，也留下了一串串教导子孙的故事。

方维仪回到清芬阁几年后，弟媳吴令仪不幸去世，留下两个儿子三个女儿，最大的方以智也只有十二岁。这时，方以智父亲为官在外，顾不上照顾家中子女，方维仪义不容辞地承担起抚育、教导侄儿侄女的重任。据方以智回忆，他年幼之时，《礼记》《离骚》这些经典著作，都是姑母教授。向年轻人传授知识的时候，方维仪神情庄重，态度严谨，以至于"弟、侄进见，无敢不肃"。

当然，除了知识的传授，方维仪还十分关注孩子们品行的培育。青少年时代，方以智不免"性疏散，不知世事，言语过失，多不能免"，全靠姑姑提点，一直到他长大成人。方维仪还常常通过诗文提醒他全心全意读书，讲求实学，不要苦吟痛饮。正是得益于姑妈的谆谆教诲，方以智终于成为与顾炎武、黄宗羲、王夫之相提并论的大学问家，被称为"中国十七世纪百科全书"式的一代通才。

此外，方维仪还十分注重女孩子的教育，这些女孩儿无论来自方家还是姚家，她都耐心引导。于是，桐城清芬阁中，侄女、侄孙女、侄孙媳常常济济一堂，围绕在方维仪身边，所受教育，既有日常礼节，也有"经史、诗赋、书画之学"。据侄孙女方御回忆，"余辈每就订正，争妍竞胜，不异举子态，悬甲乙于试官也，而一门雍睦和谐，实为桐邑冠"。以后的日子里，这些女性大多在子女教育方面取得不凡成就。

文献资料:

［清］方以智《清芬阁集跋》

智仲姑母，适姚公前甫氏。再期不天，乃请大归，守清芬阁中。此清芬阁之所以有集也。姑少好诗书，善白缋古先生，不事诸娣侁笑，有丈夫志，常自恨不为男子，得树事业于世。又不幸罹此穷苦，膺心居矜，又安敢以女子著书名哉！自丙午岁与余母朝夕织纴以下俱共事，殷勤之余，时或倡咏，伯姑间归而和之。闺门之中，雍雍也。尔智未束发，梦梦不知所奉，暨稍长，离经小学，克共侍命，而吾母即世。嬟嬟由，莫适与归。问我诸姑，仲氏任之，盖抚余若子者，八历年所，无间色矣。尝曰："吾不幸不获从地下，长累父母，父母故罔极，吾姊妹皆安荣备福，月朔归宁，屡辱顾问，我何言哉！宜人知吾心，亦复备逝。嗟夫！家事大小，一莫敢问。《礼》曰：'内言不逾阃'，《诗》曰：'无非无仪，况寡妇乎？'"自感宜人意，诸子女饮食当治，衣裳当浣，俱身先操作。间命婢必慰谕遣之，其淑慎如此。

于乎！自智不得逮事吾母，以不得不子于姑。敢不母事吾姑，以不敢死其亲乎？其所著述，每从帷下，纪诸箧，至今以帙，积录存之。偶执吾母《黻佩居遗稿》示余曰："卬无若，弗与言也已。所与言，惟淑人，淑人又伤无子。女子慷慨而有所发愤，独非然耶？"然所为辄弃，存者十半……崇祯己巳冬，以智书。

［清］潘江《龙眠风雅》卷十六

字仲贤，廷尉公文孝之仲女，姚前甫公之妻也。年十八寡居，因请大归，守志清芬阁。与伯姊孟式、弟妇吴令仪以文史为织纴，教其侄以智俨如人师……著有《楚江吟》《归来叹》诸稿。与从妹茂松阁吴节妇俱守贞，至八十四而终。

［清］方御《文阁诗选序》

当是时，姚祖姑居清芬阁中，余辈每就订正，争妍竞

33

胜，不异举子态，悬甲乙于试官也，而一门雍睦和谐，实为桐邑冠。

马其昶《桐城耆旧传卷十二·列女·姚清芬阁传第五》

贞妇方氏，讳维仪，字仲贤，廷尉仲女，博学高才。适于姚，年十八而寡，因请大归，守志清芬阁。弟侄进见，无敢不肃。……又著《未亡人微生述》一篇，其辞曰：

藐尔孀余，既景仰先贤，谥吾前甫夫子矣，更预作墓碑，直叙微生，附于一抔之土，曰：

万历辛丑秋仲，余年十七归夫子。夫子善病已六年，容颜憔悴，棱棱柴骨。余入门之顷，即视苓术，所谓"琴瑟友之"者，绝无豫日。明年五月，夫子疾发，余躬扶起居，侍汤药，挥蚊蝇，搵痰唾，左右周旋，无不自为之者。卧地数月，头不安枕。至九月大渐，伤痛呼天，而莫之应也。遗腹存身，未敢殉死；不意生女，抚九月而又殂。天乎！天乎！一脉不留，形单何倚？尔时翁姑宦海澄，以余侍祖翁姑膝下，朝暮奉顺，未敢缺礼。而祖姑春秋高矣，亦不暇纤悉顾复，衣食愁苦，罔所控告。又有细壬浮浪之

34

言，使两家相间。兹时也，忧心如焚，呼抢欲绝，乃有言以见志曰："翁姑在七闽，夫婿别三秋。妾命苟如此，如此复何求？泰山其可颓，此志不可阕。重义天壤间，寸心皎日月。"于是复归父母家，稍延残喘。叨蒙父、弟友于，使无冻馁颠沛之蹶。弟妻吴宜人愉惋同保，不幸早世，余抚其诸英，训诲成立，完其婚嫁，必当终于一诺也。长上姻亲，敢不恭敬和睦？卑幼仆从，忍不慰谕恩款？如此以无拂两门之欢心，凡余所为极难耳！……

《清史稿·列传二百八十七·遗逸一》

方以智，字密之，桐城人。父孔炤，明湖广巡抚，为杨嗣昌劾下狱，以智怀血疏讼冤，得释，事具明史。以智，崇祯庚辰进士，授检讨。会李自成破潼关，范景文疏荐以智，召对德政殿，语中机要，上抚几称善。以忤执政意，不果用。京师陷，以智哭临殡宫，至东华门，被执，加刑毒，两髁骨见，不屈。

贼败，南奔，值马、阮乱政，修怨欲杀之，遂流离岭表。自作序篇，上述祖德，下表隐志。变姓名，卖药市中。

桂王称号肇庆，以与推戴功，擢右中允。扈王幸梧州，擢侍讲学士，拜礼部侍郎、东阁大学士，旋罢相。固称疾，屡诏不起。尝曰："吾归则负君，出则负亲，吾其缁乎？"

行至平乐，被絷。其帅欲降之，左置官服，右白刃，惟所择，以智趋右，帅更加礼敬，始听为僧。更名弘智，字无可，别号药地。康熙十年，赴吉安，拜文信国墓，道卒，其闭关高座时也。友人钱澄之，亦客金陵，遇故中官为僧者，问以智，澄之曰："君岂曾识耶？"曰："非也。昔侍先皇，一日朝罢，上忽叹曰：'求忠臣必于孝子！'如是者再。某跪请故，上曰：'早御经筵，有讲官父巡抚河南，坐失机问大辟，某薰衣，饰容止如常时。不孝若此，能为忠乎？闻新进士方以智，父亦系狱，日号泣，持疏求救，此亦人子也。'言讫复叹，俄释孔炤，而辟河南巡抚，外廷亦知其故乎？"澄之述其语告以智，以智伏地哭失声。

以智生有异禀，年十五，群经、子、史，略能背诵。博涉多通，自天文、舆地、礼乐、律数、声音、文字、书画、医药、技勇之属，皆能考其源流，析其旨趣。著书数十万言，惟通雅、物理小识二书盛行于世。

敦本积德传家风

——桐城方氏母教传统

以清芬阁主人方维仪为榜样，桐城方氏家族母教传统历久弥香。代代知书达理的母亲，含辛茹苦地教养儿女，传承着忠孝家风与悠久文脉。

方以智的妹妹方子耀，九岁就跟在方维仪身边，由姑妈抚养成人。她不仅懂礼仪，能诗文，书法、绘画甚至已经接近了姑妈的水平。长大后，方子耀嫁给同乡文武全才的孙临。明清战乱年间，孙临在与清军的战斗中慷慨就义。方子耀死里逃生，在好心人的帮助下，抱着孩子一路坎坷，回到家乡。从此，她以自己柔弱的双肩挑起抚育儿子的重担，精心教育他们成才。两个儿子长大后谨记父母传承的"忠孝"之义，尽管富于才学，却坚决不肯在清朝为官，一直隐居乡间。此时，方子耀才欣慰地对孩子们说："我之所以不死，就是要教育你们两个能够报答你们父亲的忠魂。现在，你们已经成才，自立门户，两个儿媳也能够传承我的教诲，我可以到地下见你们的父亲了！"她再次叮嘱儿孙，做人最重要的是"敦本、积德、植品、读书"，这四训要代代坚守。至于富贵，并不是母亲所希求的。为了要子孙牢牢记住这些话，方子耀还挥笔写下三千余字的《寒香阁训子说》。

方以智的妻子名叫潘翟。她十七岁嫁给方以智，不久，丈夫就开始了游学生涯，广交天下志士，潘翟则留在家乡侍奉老人、养育儿女。开头几年，她的日子还算平静，谁料接下来竟风云突变，大难临头。清军入侵，方以智被俘。他不惧生死，誓不投降，投身抗清队伍。抗清失败后，为坚守气节，方以智四处流浪，最终出家为僧。这时候，虽然潘翟的父亲潘映娄已经投降，成了清朝高官，但她还是坚定地支持丈夫，"勉以大义，万死不屈"。就在方以智流落两广、贫病交加的时候，潘翟牵着小儿子中履，万里跋涉，历尽艰辛，由安徽桐城一路寻到福建，再颠沛流离地到了广东，终于见到丈夫。可过了不久，家中来信告知老人病重，潘翟又依依不舍地返程回乡。回家后，老人去世，儿女婚嫁，所有重任，全凭她一个弱女子担当。有人曾经屈指计算，潘翟结婚六十五年，独居的岁月竟有四十余年。她用常人难以想象的坚毅品性与牺牲精神，解除了方以智的内顾之忧，成就了丈夫的大节。

有了这样识大体、明大义的母亲支撑家庭、教导后代，方以智的三个儿子人人有杰出造诣，个个能传承父亲的志向。长子中德长于史学，次子中通长于数理，幼子中履长于博物杂学。入清以后，他们无意功名，只勤于读书、勤于著述，虽老于乡间，学术文章却彰显于世。

方以智的儿媳陈舜英，是明末相国陈名夏的女儿。她"幼读书，明大义"，工诗能文，擅长书法，有"才女"之誉。她十七岁嫁到方家，成为方中通的妻子。入门后，陈舜英从不耍相国之女的脾气，而是持巾帚、执妇道，深受家人喜爱。她时常求教于祖姑方维仪，与家中各位长辈及小姑方御唱和，写作了大量诗歌，编为《文阁诗选》。明朝覆亡，陈名夏降清，舜英却毅然抛弃母家留下的所有产业，紧紧追随丈夫一家报国守义。当时，方中通下定决心要殉父难，陈舜英就在身上佩一把刀，随时准备与丈夫共生死。时局稳定后，方以智出家为僧，不食清禄，方家的日子越来越艰难。方中通出外谋生，一应家务都由陈舜英操持，她"训子孙以学，行承先志"，七个儿子都能承继家学，两个女儿也能诗能文，成为闻名乡里的才女。

文献资料：

[清] 方中履《汗青阁文集·姑母孙恭人传》

恭人方氏，讳子耀，先大父都御史贞述公之长女也。与先文忠公俱出吴太恭人。同产五人，恭人居次。吴太恭人早卒，时先公十二岁，恭人九岁，皆育于仲姑清芬阁中。仲姑，世所称姚贞妇也。恭人学图史礼法，清芬实兼母与师。是时，曾大父文孝公治家，肃若朝典，继高祖明善先生而讲道，恭人皆习闻之。年十七适孙公。公讳临，亦少孤，从伯兄艾庵公学……

甲申三月，贼陷京师，公益悲愤，亡何，南都立国，巨慝柄用，专杀报怨，众正不能胜，往往引避。鲁山公、浮海公遂挈家居华亭。甫一年，南都不守，公即与陈公卧子、徐公复庵辈谋举兵恢复。舟次震泽，钱公仲驭亦会。方议集义旅，北兵猝至，舟中壮士尽格斗死，连樯三十余艘，悉驱之东。恭人计惟有自沉，忽岸上喧噪声，屋瓦皆震，则一市人揭竿登屋，投石邀击北兵。北兵惊走，弃其

41

舟，恭人得不死。寻从公间道入新安、抵浙东，会杨公龙友募兵龙泉山中。杨，故巡抚苏松，以书招公。公因上书思文帝万有余言，上喜，特授副使，监杨文骢军事。丙戌八月，北兵破绍兴。公及杨公急入卫，度仙霞关，家室杂队中。行至浦城，北兵十万追及之。公麾下仅三千人，自度众寡不敌。与恭人诀曰："吾义不负国，战而弗胜，决不舍杨公独生，养亲教子以累汝，汝其勿死。"

先是，公固已遣长子础往侍汪太淑人于仙居，艾庵公方为仙居令，从公者幼子岳。兵败，骑问公为谁，公大呼曰："我监军副使孙某也！"遂被缚。同杨公嚼齿大骂，不屈以死。时乱军蹂躏，岳与恭人相失。恭人独身赴水中，若有所负，不能死。起窜林莽，林莽甚恶，伏之三日，不得食，不能死。恭人自思，曾闻服金屑能令人死，因脱珥服之，复不死。恭人叹曰："自分一死，乃三死不能死，此中岂有鬼神乎？"当是时，家人俱尽，仅一老婢相扶。出投村姥，具语之故，村姥即闻之古田县令。令为周公璋，素耳恭人父兄名，遽迎入，舍于何节妇家。久之，道路通，具舟遣吏送之还里。此时艾庵公亦弃官，携从子础奉太淑人并归。泊芜湖，相遇错愕。妇姑母子抱持大哭，邻舟尽惊，咸为之洒泣。恭人既已生还，而公骨犹未返也，当二公之就义甚烈，一时见者，莫不壮之。横尸草间，居民争荷锸往瘗，就大树刿其皮，大书官爵、姓名于上。于是，公之兄子韦走数千里，求得之，所存者骨耳。与杨公骨莫辨，共裹之至桐，葬于枫香岭，在城东三十里，过者必吊。土人呼为"双忠墓公"。

……于是，恭人抚育二子，垂涕而教，作《寒香阁训二子说》。

马其昶《桐城耆旧传卷十二·列女·孙恭人传第六》

……恭人教育二子，历艰苦忧患凡三十八年，而二子皆学成，绝意仕进。内外孙曾几三十人。恭人乃称曰："嗟乎！吾之不死以至今日，欲教成二子报忠魂耳。今汝二人幸不致衰薄，渐成门户，两妇亦率余教。庶几有以见汝父地下。敦本、积德、植品、读书，即此四训世守之，富贵有分，非予所勖望也。"乃著《寒香阁训子说》三千余言，年七十二卒。

［清］钱澄之《田间文集卷十九·方太史夫人潘太君七十初度序》

吾里方曼公先生夫人潘太君，以今年阳月七十初度。旧从先生游者，檄征四方诗文，为夫人寿。……夫人与太史结发为婚，膏火笔砚，相守者二十余载。自通籍以来，太史未尝有一日仕宦之乐，夫人亦未尝一日以鱼轩象服之荣耀其闾里，惟是生平患难辄与共之，盖有不得共而必求与之共者矣。

［清］潘江《龙眠风雅续集》卷十九

潘氏翟，字副华，从祖宪副，次鲁府君之仲姬，方文忠公密之先生之元配，而江之从姑母也。母少与江同受经于张孩如先生，十七归文忠公，能屏去宛珠傅玑，有德耀少君之风。文忠公年方弱冠，文名藉甚，母鸡鸣虫飞，克执妇道。及释褐通籍，遘罹国变，母勉以大义，万死不屈。南都党祸起，文忠公避而之四方。爰携少子中履，间关万里，由闽之粤。寻以江南初定，君舅疾笃，归而上事贞述公，下抚子女，死丧婚嫁之累，一身任之，以纾文忠公内顾之忧，成其大节。长斋奉佛，独居四十余年，年八十二而终。文忠公为完人，母为完人妇，可谓死者复作，生者不愧也已。《宜阁集》成帙，失于回禄，中德、中通为追所记忆，并绵掇时《诀别诗》十余首，以存崖略，惜未获全稿云。

马其昶《桐城耆旧传卷六·方密之先生传第六十》

方氏自先生曾祖明善为纯儒，其后廷尉、中丞笃守前矩，至先生乃一变为宏通赅博。其三子——中德、中通、中履并传父业。于是方氏复以淹雅之学世其家矣。

《清史稿·列传二百九十三·畴人一》

方中通，字位伯，桐城人。集诸家之说，著《数度衍》二十四卷，《附录》一卷。

[清] 方御《文阁诗选序》

弟妇为溧阳陈芝山先生第三女，与老父为布衣交，重以文章，申以婚姻。及后先登第而交益笃，海内咸推为"陈方"云。当弟妇于归也，值芝山先生枚卜，弟妇曾不以宰相女有几微骄矜色。入门持巾帚、执妇道，尽礼义，通诗书。每刺绣暇，辄与余拈题分韵，鼓琴较弈，闺中之乐，如吾两人亦无以加焉。一旦念吾亲远隔岭表不能侍奉，因辍食太息泣下，弃母家所遗产业在金陵者不受，立随弟归桐，为迎养计。时大弟田伯先自浙归，两弟遣仆迎亲于苍梧郁林间，弟妇则脱簪珥函衣裳，遥寄堂上。……定省之余，得与诸弟妇暨马妹吟咏唱和，用是娱亲。当是时，姚祖姑居清芬阁中，余辈每就订正，争妍竞胜，不异举子态，悬甲乙于试官也，而一门雍睦和谐，实为桐邑冠。至弟妇刲股救夫，鬻婢济难，尤不可及。余妹归马门在弟妇未归之先，一见弟妇，俨如同产，虽贵显，不少变，盖弟妇之德令人敬，才令人服。故余与妹皆愿以女为弟妇妇也。三十年间，余归宁者四，篇什颇多，惜乎被灾，而弟妇之诗付之秦灰楚炬矣。今将复起文阁，而阁中之诗记忆者十不二三。余检匮笥，凡所存弟妇诗尽录以寄，并为数语以志之，他日锓版，或即以此为序，亦不负吾两人金陵之遇为最初云耳。

千峰历尽古今云

——吴旷之母方氏

　　歙县吴旷家的故事要从明代天启年间说起。那时，他的父亲、太学生吴一初正在京都一带游历，与河北固安县令王九鼎成了肝胆相照的好朋友。不料，天下大势骤变，李自成的部队眼看就要兵临城下。王九鼎急急找到吴一初，让他赶快逃命，吴一初却坚定地回答："安而相依，危而去之，非义也！"城破之日，这对生死相依的朋友同时葬身血火之中。

　　不幸的消息传到千里之外的徽州歙县，吴家上上下下哭作一团。吴一初的妻子方氏刚刚二十九岁，婆婆、母亲都已年过八十，膝下还有一个九岁的儿子吴旷。此时此刻，对于方氏来说，生比死难。死了，一了百了，还能博一个烈妇的美名；活着，苦难的日子不知什么时候才能熬出头。但方氏最终还是决定活下去，不为别的，只为要向两位老母亲尽孝，更为吴氏血脉的传承。

可是，活下来的艰难还是远远超出了一个年轻女人的预料。没多久，吴氏家族中一个卑鄙阴毒的家伙，为了夺取孤儿寡母的财产，强令方氏将儿子交给他抚养。方氏不从，义正辞严地告诉他："我不死，就是为了抚养我的儿子，为什么要交给别人？"那穷凶极恶的亲戚讲不出道理，竟然强力逼上门来，要劫走孩子。一边是穷凶极恶的强人，一边是手无缚鸡之力的老母亲和弱小的儿子，方氏临危不乱。她藏好儿子，一个人挺身站到门口，大声呼叫："我与儿子同生共死！"那气势，竟然吓退了抢劫者。

儿子保住了，可家里的财产还是渐渐被侵吞。面对四壁空空的家，出身名门、向来衣食无忧的方氏淡然一笑："只要能成全我的儿子，穷有什么可怕？"转过身去，她就开始了以洗涤、缝纫养家的日子。时间长了，曾经玉指纤纤的两手不仅粗糙，而且已经无法伸直。但她依然坚强地支撑着，没有叹息，没有眼泪。只有在婆婆病重，难以咽下最后一口气时，她才放声大哭，并向婆婆发誓："等到吴旷成人，我一定好好安葬您老人家！"

就这样，在年复一年的苦苦支撑中，母亲去了，儿子大了。年年岁岁，方氏将吴门儒雅、侠义的家风一点点灌输到儿子心中。身处明清鼎革之际，吴旷虽然一生贫困，一生未能入仕，但他诗才勃发，心地善良，风骨傲然。在一首题为《由小心坡登莲花峰》的诗作中，吴旷慨然高歌："嵯峨一线望中分，削出芙蓉迥不群。万里忽开江海色，千峰历尽古今云。"此中有想象，有写实，是写景，更是写自身。由于全诗气度远大，境界奇特，被载入《黄山志》，一直流传至今。

可惜的是，天有不测风云，吴旷年仅四十八岁就因病告别了这个世界，为年迈的母亲留下四个孙子。历尽人间坎坷的方氏又一次擦干眼泪，挺起腰板，与儿媳一起，尽心尽力抚养孙辈长大，并将吴氏前辈侠义、好学的故事一一讲给他们听，督促他们勤学向上。十几年后，孙子们渐渐长大，一个个英姿勃发，都成了有才华、有担当的好男儿。尤其是长孙吴苑，于康熙二十一年（1682）考上进士，官至主管国家教育大计的国子监祭酒，一生如祖父、父亲一样，为人坦率刚毅，正直无私。在位期间，吴苑不仅剔除旧弊，振作士风，为中国教育事业的发展做出极大的贡献，而且钻研学问，深有所得，成为程朱之后徽州理学的复兴者。为了家乡的繁盛，他还组织力量重新修缮了渔梁坝，并立志重修紫阳书院。

又是二十多年过去，康熙四十二年（1703），吴苑之子、方氏的重孙吴瞻淇得中进士，任翰林院庶吉士。他与哥哥吴瞻泰一起，遵照父亲的嘱咐，修缮了紫阳书院，并合力补撰《紫阳书院志》十八卷。

此时，曾祖母方氏已经作古，但她对儿孙的付出与期待，依然深深镌刻在子孙后辈的心上。

文献资料：

[清] 黄宗羲《吴节母墓志铭》

节母方氏，歙人。夫吴一初，少义侠。天启时，肄业太学，数年不归。与知固安县某善。会有警，某劝之去。一初曰："平时与公依，今有急，去之不义。"卒不去。城破，死焉。节母年二十九，闻之号哭累日夜，将死之。子旷，方九岁，而姑唐氏、母许氏皆年八十余，抱其子，泣谓节母曰："若死诚善，顾吴氏无期功亲。我两妪旦暮人，孤安所托？若死，孤必死。孤死，尔夫斩然绝矣。死与抚孤孰重？"节母爽然，收泪谢曰："二母言是。"遂不死。

节母读书识大义，为人机敏，强力多才能。族有黠儿，利其有，强节母托孤于己，母笑曰："我不死，为孤也，胡复托孤于尔为？"黠儿欲劫孤去，母匿孤他所，誓以死。黠儿计沮，然稍稍蚕食之，由是家日贫。未几，姑疾革，谓之曰："我死不瞑。"节母泣问故。姑曰："祥车入山，执绋者谁氏子乎，而能不悲？"节母泣曰："待孤能执绋，然后葬姑，姑无憾。"姑卒，殡于家七年。子旷成人，始成礼，哭踊尽哀以葬。

初，旷之幼也，母教之严。及长，游胶庠有声，善诗文，工书，为人慷慨有父风。尚气，好急人之难。国变，数危困，徙居梅庄。子四：苑、蔚、荃、菘，皆负才。年四十七卒。苑登丙午贤书。……人皆谓苑善承母志，不以世俗之荣荣母也。……母年七十有五终。苑壬戌成进士，官翰林院检讨。

[清] 康熙刻本《黄山志》

吴旷《由小心坡登莲花峰》："嵯峨一线望中分，削出芙蓉迥不群。万里忽开江海色，千峰历尽古今云。"

《民国歙县志·人物·文苑》

吴苑字楞香，莘墟人。由翰林历官国子监祭酒，振兴文教，严绝苞苴，整理历代进士题名碑，寻获旧碑重建。每疏陈国学所宜行，皆如所请。在官日常寓书紫阳集讲之儒，深究太极、西铭、河洛之理；迨奉假省亲，入院释菜，更相诘难。著书十余种，综名之曰《北黟山人集》。

[清] 西林鄂尔泰《紫阳书院志序》

（麟潭）先生居新安也，去紫阳之山甚近，每谈及紫阳书院中事，上自紫阳所以肇基之故，下逮数百年来院中建置沿革、兴废盛衰之由，并其间人物、言语、行事、讲论、著述之数，无不言之娓娓。……余同年友漪堂者，麟潭先生仲子也……一日出《紫阳书院志》以示余，曰："紫阳书院者，余先大司成尝请先帝御书以颜其堂者也，余与伯兄东岩承遗命修葺之。旧有《院志》十卷，余兄弟增订为十八卷，并《紫阳书院四书讲义》五卷，藏之箧，衍有日矣，必待其人而序之，以不朽斯编也。愿锡一言以弁于首。"（编者按：麟潭，吴苑晚年号；漪堂，吴苑次子吴瞻淇字；东岩，吴苑长子吴瞻泰字。）

母教有素由来久

——桐城张氏母教传统

安徽桐城张氏是明清两代名臣辈出的家族，人称"父子双宰相，一门十进士"。一代代子弟成功的背后，是优秀的母教传统支撑家门。

翻开《张氏宗谱》，第一位母教楷模就是胡太君。据《张氏宗谱卷三十·内传》记载，胡太君是张家四世祖东川公张鹏的夫人，六世祖张淳的祖母。张淳小时候，父母不幸去世，衣食住行、读书求学，全靠胡太君照料。光阴似箭，日月如梭。不知不觉中，张淳从一个不谙世事的孩子，长成了饱读诗书的儒生。隆庆二年（1568），张淳一举考取进士，被派往永康县担任县令。临行前，祖母与他依依惜别，本该有说不完的叮咛嘱咐，没想到，胡老太君却命人端来一大坛子酒，让张淳一饮而尽。原来，张淳没有别的爱好，就是喜欢没事喝几杯。现在他要出门为官，老祖母实在不放心，索性让他在自己眼前喝个够，从此不许再饮酒，以免误事。张淳牢牢地记住了祖母的嘱咐。上任以后，他远离杯中物，忠于职守。《清史稿》对他评价很高，说他"日夜阅案牍……剖决如流"。由于断案敏锐、公正，百姓将张淳比作包拯，称他是"张一包"。

待到晚明，张英的祖母齐太君是又一位了不起的母亲。齐氏的祖父齐之鸾是桐城第一个翰林，以直言敢谏闻名。虽为名门之女，齐太君却一生素俭无华，七十岁还坚持纺线，不知疲倦。即便儿子张秉文做了高官，她依然如故。有人劝她不必如此劳苦，她却笑着说："我靠纺织培养儿子的廉洁，让他做个清清白白的官员，收获不是很多吗？"果然，张秉文在各地做官，一直当到布政使，从不敢把官家半点财物拿回家来送给母亲。

尤为难得的是，齐太君虽然没有像男人一样外出做官，却如众多桐城女儿一样，自幼接受了良好的教育，识大体、顾大局。清兵入关以后一路南下，张秉文所守的济南府岌岌可危。危急关头，张秉文派人送信回家，告诉家人自己要誓死保卫济南，做好了为国捐躯的准备。此时，众人都为齐太君担心，怕她承受不住这份打击。没想到，齐太君竟出奇地平静。她说："我的儿子肩负国家重任，与城池共存亡，是忠臣！儿子能成为忠臣，我还有什么遗憾！"

同在晚明风雨飘摇之中，张秉彝的夫人、张英之母吴太君显示出的，是料事在前的聪慧。

那时候，张秉彝因在国子监资历长、考试优，被选任州通判一职。有人劝他，只要拿钱稍微打点一下，就能被安排去一个条件好一些的知名州府任职。张秉彝拿不定主意，回家与妻子商量。妻子坚决地摇摇头。她不仅不肯走门路、攀高枝，还劝丈夫干脆辞职回家。因为她已经清楚地看到，继续做官，只能为已经腐朽不堪的明王朝陪葬，只有早早归隐，才能保得一身清白、全家平安。张秉彝听了，也觉得夫人有眼光，毅然抛下官位，带领全家人回到桐城北山的祖居地。在山中，张家上下兢兢业业，清贫自给。吴氏与婢女一道拾柴火、种蔬菜，孩子们一如既往地读书求知。直到战争平息，国家安定，这一家人才扶老携幼回到城里。

　　吴太君与张氏家族各位母亲一样，把子女教育看得比什么都重要，尽一切力量为孩子们请名师、选学校。没钱的时候，她就变卖首饰，为孩子们交学费。住在金陵的那些年，张秉彝时常奔波在外，吴太君义不容辞地担当起教育孩子的重任。她要丈夫选了几百道题目，一题刻在一个竹签上，所有竹签放在一个大斗里，每到作文时，就抽出一支，让孩子们按照竹签上的题目写作，写不完不许睡觉。以后四处搬迁的日子里，每次搬家，她一定先布置好书房，只要能听到孩子们咿咿呀呀的读书声，心里就十分高兴。即便是在桐城北山中，吴氏也选择了一个邻近的小寺庙，让家族中的子弟一起在那里静心读书。后来，她的小儿子张英不仅考取进士，还成为有清一代著名的贤相，二子张载、三子张杰也颇有建树，就连张英的二姐也颇有文名，著有《履雪阁集》。

文献资料：

《张氏宗谱卷三十·内传》

胡太君，东川公配，大参公王母。琴川公、余宜人俱早世，鞠育训诲，唯王母是依。洎成进士，太君提之唯"谨"。大参公素能饮，饮且数斗。将之官永康，请于王母，曰："何以教孙？"太君曰："尔明敏仁慈，吾无复虑。但虑汝饮酒过多，或误答人耳。"大参公曰："请从今日一醉，敬受王母教。"太君出醇醪一瓮，饮之立尽。嗣是终身不复近曲蘖。

《明史·列传第一百六十九》

张淳，字希古，桐城人。隆庆二年进士，授永康知县。吏民素多奸黠，连告罢七令。淳至，日夜阅案牍。讼者数千人，剖决如流，吏民大骇，服，讼浸减。凡赴控者，淳即示审期，两造如期至，片晷分析无留滞。乡民裹饭一包即可毕讼，因呼为"张一包"，谓其敏断如包拯也。

《张氏宗谱卷三十·内传》

祖母齐太君，大谏蓉川公孙女，赠中宪大夫爱蓉公女……夙娴闺训，早著令仪。及笄，归王父。虽系出名门，无骄贵习……性素俭无华，尤好织纴……七旬后，犹手自辟，缕缕不倦。或谓其劳苦，太君笑曰："吾为此未尝觉劳，去之反无所措耳。"……每曰："吾借此以养吾子之廉，俾得为清白吏，所得不较多乎？"伯父历宦闽、粤、齐、楚，未尝敢以官物遗太君，教素严也。

……伯父殉难山左。先是，奉书太君，誓死封疆。人或为太君怵之，太君曰："吾子肩国家重任，城存与存，城亡与亡，忠也。有子而为忠臣，亦复何憾！"

［清］张英《先妣诰赠一品夫人吴太君行略》

先妣诰赠一品夫人吴太君，外祖石莲公次女，赠中宪大夫德升公曾孙女。石莲公文谊冠一时，声振胶庠。外祖母汪太君以乙未生太君，幼而温恭端淑，绰有令仪。十五归大人，曾王父大参公犹见及之，每曰："此宜家妇也。"大人年十七，王父即授以家政。太君躬节俭以佐之，衣绨茹粝。每自方桓少君督诸妇事织纴，布缕丝枲之工致，无有出其右者。……识解每能料于事前。己卯自白门归，壬午寇围桐数日而去。太君曰："是又将率众至矣。"遂挈家再之金陵。次年寇复来，攻围异曩时，孤城累濒于危，吾家独无风鹤之惊。居金陵时，米珠薪桂，食指甚繁。故乡田园委在草莽，太君经营拮据，焦心劳思，延师友，礼宾客，无异平时，不止八口待哺而已也。时大人以成均擢上第，授别驾，且就选矣。或谓曰："稍措置焉，可得名郡。"归以谋于太君，曰："此时鱼轩翟茀，何如羊裘鹿车耶！遗荣偕隐，愿效古人。"大人遂决意归。挈子女居北山，课婢子拾薪锄菜，以供朝夕。审时度势，而后入城郭。故桐邑始苦寇，既苦兵，既苦除兵之兵，而吾家独得安枕，赖太君之明哲也。督诸兄甚严，择贤师良友，脱簪珥以佐束脩。寓金陵时，所僦屋甚隘，迁徙无定居。太君必先营书室，隔窗听呫哔声，入深夜不倦，则色喜。时大人往来于桐，太君以教子为己任，间请于大人简题数百为签，作大斗贮之,遇文期则擎签命题,文未毕不令就寝。后迁桐,居山中,犹择邻庵,命叔兄读书其中。采山蔬以给馈食,勉励益力。以故播迁琐尾中,而诸兄侄未尝废学,太君之教肃也。

相夫教子守清正

——张英之妻姚含章

张英的夫人姚含章，是明代万历三十五年（1607）进士、桐城人姚之骐的孙女。姚之骐为官清廉严正，出任湘潭县令的时候，当地民谣称他："止饮湘潭水，不污长沙泥。"姚含章的父亲姚孙森，博学，有文名，与方拱乾等人并称桐城"六俊"。出生在这样一个家庭，姚含章自幼接受了良好的教育，她熟读《诗经》《资治通鉴》，旁及医药、方数、相卜、佛经之类，并且著有《含章阁诗钞》。

姚含章嫁给张英后，张英卧病整整三年。为了给丈夫治病，她将自己的首饰全部典当换钱，所有饭菜羹汤与药物都亲手调治。为剥莲子，含章十个指甲都磨秃了。三年后，张英病愈，准备参加科举考试，一应家务全交含章处理。又是三年过去，二十六岁的张英考中举人，但家里孩子多了，日子越来越紧巴。四年后，张英考中了进士，出任翰林编修，可微薄的俸禄根本不够养家。有一次，家中无粮，姚含章好不容易找到几斗麦子，一家老小就吃了将近一个月的面汤。此后，有人看好张英的政治前途，投石问路，送来千两银子资助。张英问妻子该怎么办，姚含章毫不犹豫地对张英说："贫家或馈十金、五金，童仆皆喜相告。今无故得千金，人问所从来，能勿惭乎?"意思是，穷人家如果有人送上十两、五两银子，全家都会高兴得奔走相告。现在你无故得到上千两，人家要是问起这钱从哪儿来，你难道不惭愧吗? 当时，姚含章的堂兄、刑部尚书姚文然来到张家探望，恰好得知此事。看着身边大大小小几个孩子，他感叹地说："要做到含章这个样子，真不容易啊!"

虽然家境贫困，但做母亲的姚含章并没有放松对子女的教育。有一次张英家聘请了一位好塾师，学费却没有着落。家里能典当的物品全都进了当铺，姚含章实在无法可想，正在犯愁，转脸看到儿子廷玉脖子上还有一只银项圈，就叫廷玉取下来，当了钱。若干年后，直到长子廷瓒、次子廷玉相继中进士、入翰林，张英家才摆脱困境，可以温饱。但每次廷瓒、廷玉获得放差的机会，母亲就会嘱咐他们谨守家训，不可收受不义之财。正因为有母亲严格的督教，张廷瓒在康熙二十四年（1685）担任会试同考官，康熙三十八年（1699）再任山东正主考，张廷玉康熙四十五年（1706）担任会试同考官，虽然都是人人羡慕的"肥差"，但他们每一次都能严格要求自己，秉公办事，"无一事訾议"。

早年历经磨难，姚含章养成了居家俭约的习惯，一月中，她总有将近半个月吃斋茹素。中年以后，姚含章更是一餐不过半勺饭、几根菜。虽然丈夫张英、儿子张廷玉都位高权重，可姚氏生平没有一文私房钱，从不穿金戴银。一件青色布衫，缝缝补补，经年在身。有一次，一个女仆受人委派，前来相府问安，姚含章正坐在院中缝补旧衣。女仆看到她的穿着打扮，以为是下人，很不客气地问："你家夫人在哪儿呢？"姚含章慢慢放下手中的针线，笑眯眯地起身说："我就是。"女仆顿时羞愧得无地自容。

姚含章为人谦和。张英官做得越大，她待下人越和善。后来家境稍稍宽裕，她更常常扶贫济困。张英六十岁生日，按当时达官贵人的排场，一定要做寿，邀宾朋宴饮。张英不想做，姚氏就说："如今寒冬腊月，你何不把这笔款项拿出来做一百件棉衣，送给路上饥寒之人呢？"

就这样，一生低调的姚含章却声名远播。不仅丈夫为一代名相，六个儿子也个个成材，其中四人考中了进士。次子张廷玉更为突出，是整个清朝唯一一个配享太庙的汉臣。就连女儿张令仪也博学广识，有《蠹窗集》行世。

不过，令姚含章最感欣慰的，未必是丈夫、儿子个个身居高位，而是他们人人廉洁，个个奉公。据说康、雍、乾三帝曾先后赐给三朝元老张廷玉白银近万两，他却将这些银两或用于激励士子发奋学习，或寄回家乡购置公田，以资助乡里穷困者及灾民。雍正十一年（1733），张廷玉长子若霭参加廷试，高中一甲三名探花，张廷玉以天下人才众多，三年大比莫不望鼎甲，官宦之子不应占天下寒士之先为由，恳请皇上将其子列为二甲。

可以说，张氏兄弟所有大公无私、清正廉洁的行为背后，都能看到母亲姚含章的身影，难怪康熙会说："张廷玉兄弟，母教之有素，不独父训也。"

文献资料:

《清史稿·列传二百九十五·列女一》

张英妻姚,桐城人。英初官翰林,贫甚,或馈之千金,英勿受也。故以语姚,姚曰:"贫家或馈十金五金,童仆皆喜相告。今无故得千金,人问所从来,能勿惭乎?"居恒质衣籴米。英禄稍丰,姚不改其俭,一青衫数年不易。英既相,弥自谦下。戚党或使婢起居,姚方补故衣,不识也。问:"夫人安在?"姚逡巡起应,婢大惭沮。英年六十,姚制棉衣贷寒者。子廷玉继入翰林,直南书房,圣祖尝顾左右曰:"张廷玉兄弟,母教之有素,不独父训也!"卒,年六十九,有《含章阁诗》。女令仪,为同县姚士封妻,好学,有《蠹窗集》。

[清] 张英《诰封一品夫人亡室姚氏行实》

痛哉！忆夫人自结缡以来，归予家五十有六年。自幼恭诚醇笃，孝谨节俭。

……予自二十染疾，经三年，簪珥尽行典鬻，手自调治饮食果饵之属。三年未尝一刻倦，予疾得稍起。庚子，予病愈，从事于帖括，伊吾之声，终夜不倦，家事悉听其料理，予绝不置问。暨癸卯登贤书，公车再上，生计益贫。丁未获隽授翰林，旋以忧去，扁舟南归，舟中至不能给朝夕，抵家益窘迫。夫人安之，从不肯向人言贫。间或亲友偶有馈问，辄面赤不肯受。庚戌服阕入都。癸丑，时当会试。予资在词林前列，或有问津者，予正色拒之。夫人相谓曰："贫士家，有人赠三金五金，则童仆欣相告。薪米皆充然盈庖廪，下至婴儿孺子皆知之，欢然有喜色。今入闱忽有千金之获，后将何面目对家人孺子？"入闱后，家人经旬乏食，搜得家中有面数斗，遂举家食面汤将一月。时姚端恪公闻之，语人曰："此事甚难。"

……客居虎坊桥，归子孝仪馆予家，家中典质几尽，将二郎项下银锁以质钱，命二郎解以与母。有问，二郎走告予曰："已将项铃与母矣。"……及入赐第，清苦日甚。岁时典质以供饔飧。

既而长男官翰林，夫人教子惟谨，每逢乡、会试，夫人曰："自予为汝家妇，见汝父于试事皆冰清玉洁，即内庭考教习，与静海励公信誓旦旦，虽得咎朋友，不敢屈挠，从来无一字闲言，况乡、会试乎！汝宜谨守之，不可以一字与人口实。"廷瓒乙丑为会试同考，己卯为山东正主考，以至廷玉丙戌为会试同考，皆守家训，实无一事訾议，实夫人教之也。

马其昶《桐城耆旧传·列女第八》

张文端公配姚夫人，龙泉学博珠树公女。文端初以翰林官京师，贫甚，或私馈千金，文端弗受也。故人言之夫人，夫人曰："贫家或馈十金、五金，则童仆皆欣相告，今无端获此，人问所由来，将无惭乎？"文端笑而却之。每典质以办朝餐，后禄入稍丰，夫人率初不改。居常茹素，不事珠玉纨绮。衣浣濯躬自，补缀一青缣旧衫，数岁不易。文端既为辅相，诸子先后入翰林，屡膺崇封，以象服偕老，

家门贵盛。而夫人弥自谦抑，下至臧获、仆妾，皆恤其艰
苦。尝有戚党遣婢候问，夫人方补故衣，不识也。问："太
夫人安在？"夫人逡巡起应，婢大惊，惭沮而退。文端寿六
十，夫人为礼佛。忽念：人家生日例召优设宴；今既不尔，
胡不移此费以利济乎？即制棉衣百领，施道路饥寒者。其
节己好行德类如此。卒年六十九。

子文和公尝直南书房，圣祖一日顾左右语曰："张廷玉
兄弟，母教之有素，不独父训也。"盖夫人居京师久，故贤
声彻宫壸焉。

马其昶《桐城耆旧传·张文和公传第八十三》

雍正十一年，进士后三日廷试，上御懋勤殿阅卷，由
进呈第五卷，拔置一甲第三。启封，知为大学士廷玉子，
上大喜，遣内侍就直庐宣谕，文和固辞。奏上，不允，乃
请对。既入见，免冠顿首谢，复奏曰："国家制科，三年一
举，天下应试士不下十数万人，得举者千余人。聚数科之
人试礼部，贡于朝者止三百余人。此一甲三名虽拔于三百
余人中，实天下十数万士子所想望不得者。臣家受恩至重，

今臣子又占巍科，臣诚惶诚恐，愿推以让天下寒士，即臣子亦幸留有余以承方来之泽。"世宗动容嘉叹，为改二甲第一名，授编修，充日讲起居注官，直南书房。

教子守义求真知

——桐城姚氏母教传统

北宋名家司马光在《家范》中说："为人母者，不患不慈，患于知爱而不知教也。"清代蓝鼎元也在《女学》中强调："人子少时，与母最亲。举动善恶，父或不能知，母则无不知之，故母教尤切。"明清时期，桐城许多母亲十分注重子女的道德修养和品格养成，努力塑造其君子人格，姚氏家族就是很有代表性的一例。

譬如姚文然的母亲倪夫人。倪夫人是明崇祯十三年（1640）进士姚孙棐的妻子。南明时，姚孙棐与同乡官员左光先因忤逆奸臣阮大铖被捕入狱。这时候，姚家几个儿子惶惶然不知所措。有人说："这件事很容易啊，如果上疏说你父亲做的所有事都是左光先指使的，就没事了。不然，很难说会如何定罪！"姚家兄弟将这意思告诉老夫人，不料，倪氏大怒，抬手将拐杖扔过去，说："你们以为这是为父亲求生的办法吗？身死、心死是一样的！东阳之狱，人们说是左公连累你父亲，事实上是你父亲连累左公！从道义上说，绝不能让左公一个人去死！再说，你们用这样的办法为父亲求生，如果你父亲归来，还有什么面目见乡亲？我知道你父亲的心，你们难道不知道吗？平时读书是用来做什么的？"

听了母亲的话，姚家兄弟如梦初醒。事后，他们常说："要不是母亲，我们几乎陷于不义了！"

再如姚孔之母张令仪。她是桐城名相张英的女儿，清康熙六年（1667）进士姚文熊的儿媳。幼年在家，张令仪已经得到来自父亲张英、母亲姚含章的多方教导，出落得有见识、有学问，更有教养。婚后，夫家虽为官宦之门，却是清贫之府。博涉经史的丈夫姚士封怀才不遇，在世时糊口四方，及壮年又不幸病故。张令仪掌管家政，悉心教子，留下了很多训导儿孙的诗词之作。她语重心长地告诉儿子要珍惜光阴、博学经史："寸阴须向闲中惜，搜讨三坟共九丘。"她更嘱咐孩子们向先贤学习，慎重交友，为人须宽厚、善良，也就是"益友原难得，先贤尚可寻。恩仇虽快意，忠厚在存心。积善有余庆，斯言足宝箴"。

桐城母亲在大事上有原则，在小事上也不放松。姚莹的儿媳、姚濬昌的妻子光氏就是这样。她虽然深爱自己的子女，却绝对不会放纵。两个儿子永朴、永概幼年时，看到父亲同僚的孩子出来进去总是穿着华美的衣裳，自己却没有，忍不住向母亲要。没想到母亲大怒，呵斥他们："你们这么小就学着奢侈，长大了该当如何！"在母亲的严格教育下，姚氏兄弟皆学有所成，曾分别出任北大教授、文科学长、清史馆编修，就连女儿姚倚云，也以过人的才华，成为清末民初著名的教育家。

文献资料:

马其昶《桐城耆旧传·列女·姚太夫人传第七》

姚太夫人,端恪公母也。倪氏,太仆公女,归职方姚公。父及夫子并有传。夫人知书明大义。职方令东阳,讨乱贼许都有功,直指左公光先疏闻于朝。南渡后阮大铖柄国,左公故仇大铖,大铖遂诬以"激变杀降",与职方俱被逮,党祸大作。是时端恪兄弟忧遑无计,当事者谓曰:"此易耳!能为若父疏称'浙东事皆承左指'则事解,不然,罪不测!"归以告太夫人。太夫人怒,杖掷之,曰:"儿以是为生而父邪?身死、心死等耳!东阳之狱,人则左公累若父,事则若父累左公也。义,不得令左公独死。且汝等以此求生若父,若父归将何颜以对里党?吾知若父心,若乃不知邪?平昔读书胡为?"公等涕泣受教。逡巡十余日,卒巽词谢当事者。于是逮益急。会王师南下,事得解。端恪兄弟时时为左公言:"不谋于吾母,几陷于不义也。"

［清］张廷玉《蠹窗诗文集序》

三姊生而聪慧，工织纫组，性嗜学，少侍太夫人读书京邸，简帙盈案，无不披览。先公退食时，常试以奥事，应对了然。所为诗文，辄衷前人法度，论古有识，用典故精当。先公甚异之。及笄，归吴兴，与姊夫湘门先生闺门相属和。湘门世家清宦，室靡长物。吾姊总持内政，湘门得以殚心于帖括之学。忆吾姊居棠花馆时，余与诸弟先后受室归里门，常与湘门阄题角艺，吾姊亦时时出其所为诗歌、古文辞。每酒阑灯炧，辨析古今事不少休。弹指十数年内，吾姊裨益于诸弟者良多。及先公予告，偕太夫人南还，棠花咫尺，吾姊时亲色笑问起居。而先公暇日与子孙征引掌故，背诵古人诗篇，吾姊援笔缀词，动辄数十言，所以娱先公于衰年者，尤为曲至也。嗟乎，曾岁月之几何，两大人音容已不及见，予与三弟系官于朝，回念当时团聚之欢，邈不可得。而湘门中年多病，又永归道山矣。今幸两甥成立，家业不堕，吾姊犹得以藉余闲斟定其生平未竟之业，迹其所得，虽惠姬、文君之属，何以加于此哉！

姚永朴《先妣事略》

先妣姓光氏，祖讳复，考讳聪谐，直隶布政使，有清节。生两女，先妣其长也……先妣生姚永朴兄弟及女兄弟凡五人，爱之甚笃，然有过必痛惩焉，不为煦煦之慈。永朴幼时，尝为吾父所呵，入则见母流涕，先妣曰："汝不好弄，必受责乎。"吾父同官中子弟多鲜服，永朴羡之以为请，先妣怒曰："汝幼习奢侈，长当何如？"卒不与。

［清］徐昂《范姚太夫人家传》

范姚太夫人蕴素，字倚云，桐城姚姬传先生侄曾孙女。祖石甫莹，著《中复堂集》。父濬昌，字慕庭，隐邑中挂车山，自号挂车山农，有《五瑞斋遗文》《叩瓴琐语》传世。太夫人幼从母氏光知书，十龄母殁，与伯闲、仲实、叔节诸昆弟侍其父山中，朝夕承训迪于层岩飞泉间，诗意满前，吟兴益滋。年二十六归范伯子先生为继室……与邑绅创公立女学校，张退庵老人傲吕家巷为校址，三年成绩炳然。

缭绕书香慈母情

——马方思之妻姚陆舟

姚陆舟出生于桐城世代书香之家。父亲姚文然是明末进士，她从小就在书香浸润中长大，八岁能赋诗，九岁就因母亲双目失明，开始料理家事。桐城另一个文化世家马家的当家人马之瑛听说，忙上门求亲。马家与姚家向来关系密切，姚文然与马之瑛又是朋友，再加上马家六个儿子个个才华出众，其中小儿子马方思最得父亲的喜爱。这一回，马之瑛就是为小儿子求婚的，亲事自然一谈就妥。

婚后，姚陆舟与丈夫笔墨唱和，其乐融融。不料天妒英才，几年后，他们刚有了两个儿子，马方思一病不起，竟然撒手人寰。肝肠寸断的姚陆舟恨不能随丈夫而去，但看着身边嗷嗷待哺的孩子，又不得不含悲忍痛，挣扎着活下去。

从此以后，教育儿子就成了姚陆舟的生活重心。她为儿子延请名师，更关注儿子结交的朋友品行是否端正。她不仅检查孩子们的功课，自己也日日伏案写作，为孩子们做学习的表率。据不完全统计，姚陆舟一生至少著有《闺鉴》三卷、《凝晖斋集》二卷、《陆舟吟》二卷、《玉台新咏》一卷。此外，从三十岁起，她开始写作《陆舟日记》，每年一册，总共四十三册。这些日记，不仅记下自己每天的言行举止、家中的日常生活内容，甚至涉及经学、史学、数学以及天文地理。一股浓浓的书香，始终缭绕在母子三人的居室之中。

转眼十几年过去，马家两个儿子都长大了。老大马源，字伯逢，老二马潜，字仲昭，都是博通经史、文采斐然的好后生，兄弟俩与姚氏家族的两位年轻人一起，被乡里称为"龙眠四子"。但是，面对满城的赞誉，姚陆舟却没有表现出一点点的喜悦。接下来的日子里，马氏兄弟参加科考屡屡失利，当母亲的也没有一点悲伤，反倒十分平静地对儿子们说："我出入姚、马两家，见到的科第仕宦太多了，只希望你们不要有愧于祖先。做人最重要的是行为检点，求学有成，至于穷达，不必太在意。"

后来，马源当了凤阳教谕。这是一个管教育的小小官职，在有些人眼里根本微不足道，但姚陆舟十分上心，专门赋诗送给儿子，要他"勿因闲长惰，须以俭成廉"，鼓励马源即便是小官也要做得勤勤恳恳、廉洁自律。

文献资料:

[清] 韩菼《凝晖斋集序》

马君伯逢、仲昭母，节孝姚孺人，吾师端恪公长女。学行俱高，有名媛之则。先是，马正谊先生有才子六人，其幼江公最俊，端恪公器之。念正谊先生与赠光禄公同年交契，固父执也。先生闻孺人贤，乃以为请，而订姻盟焉。江公清才笃学，不幸早卒，孺人誓绝粒。众责以抚孤，乃缟衣蔬食，督课二子。师必名宿，友必端士，塾中日课，夕必复之，惰必予杖。伯逢兄弟未弱冠，已能文章，声誉藉甚，孺人不以为喜；既久困场屋，孺人不以为戚。且诫之曰："汝曹学问宜求诸己，穷达宜听之天。"嗟乎，此非贤明而能若是乎！孺人夙工吟咏，具有风格。宗伯张公尝言龙眠闺阁之盛，明有《清芬阁集》，国朝有《凝晖斋集》，其眉目也。其生平仁厚好施予，自奉俭约，治产有法度，自纺织以至醯酱蔬菜，造作之细，具见于《陆舟日记》，而经、史、传记、诗文，旁及九章算法、六壬数术，亦间见云。

马其昶《桐城耆旧传卷十二·马节母传第十》

节母姚氏，端恪公女也。八岁知声韵，能为小诗。九岁，母夏夫人病目失明，为茹斋祈福，代治家事皆井井。

先九世伯祖兵部公，于端恪为父执，闻女贤，为幼子方思字江公聘焉。年十七来归。江公有清才，体羸善病且剧。刲股救之不效，誓死殉夫。众责以抚孤为大，乃不复言死。缟衣蔬食，教督二子。日课必复，惰必予杖。长子源，号菱塘，少有检操，文誉藉甚，母不以为喜；既久困举场，母不以为戚，曰："吾出入两家，见科第仕宦多矣。愿汝曹无忝祖考，行益修，学亦绩；至于穷达，非所宜计也。"其后菱塘为凤阳校官，母谓此席卑贫可居也，寄诗云："勿因闲长惰，须以俭成廉。"见者传为至言。

著《闺鉴》三卷、《凝晖斋集》二卷、《陆舟吟》二卷、《玉台新咏》一卷。其《陆舟日记》别为四十三册，盖自三十后，岁为一帙，记日用言动，以逮子孙女妇程课，瓮酱瓶蔬造作之细皆具；而经传史事，旁及九章算法、六壬数术、子平星家诸说，亦间见云。年逾五十，邑人上其节行，得旨旌表。

苦心教子成大器

——胡宗绪之母潘氏

清康熙年间，桐城有个读书人叫胡弥禅，字彦三，号石邻，出自世代书香之家，曾祖、祖父都是进士。弥禅出生不久，赶上改朝换代，父亲带着他隐居乡里。小弥禅在父辈指引下饱读诗书，及至成年，娶了同乡官宦人家潘映娄的女儿。婚后，夫妻恩爱，潘氏一连生了三个儿子。眼看小日子越过越有味道，却不料胡弥禅突然病倒了，而且久治不愈，年复一年地看病吃药，银子花得如淌水一般。胡家本不富裕，很快就四壁空空、山穷水尽，胡弥禅也撒手人寰。在撕心裂肺的哭声中，前来吊唁的人们只见到一个孤苦无依的年轻母亲带着三个孩子，最大的不过十岁，其余两个还抱在怀中。大家都觉得这一下胡家算是完了——潘氏本是大家小姐出身，她能有什么本事撑起这一片天？

丧事办完，正像乡亲们预料的那样，胡家的日子过得一天比一天艰难。但人们万万没有想到的是，大户人家走出的潘氏竟然如此能吃苦，有毅力，敢担当，尽管一家四口连生计都成问题，她还是毅然决然地将到了学龄的儿子胡宗绪送进私塾。

那是一个路途很远的私塾。潘氏每天眼里含着热泪，看着小宗绪的身影翻过山岭，晚上又含着泪水，眼巴巴地等他回来。三年过去了，家里实在穷到连学费也付不起的地步，胡宗绪不得不告别私塾，回家自学。潘氏虽然出身大户人家，却没读过书。可她并没有因此对孩子的学业放任自流，而是要求儿子每天读书给她听，她凭借着自己的社会阅历和生活经验，解释书中内容。听到儿子读朱熹的文章，她激动地站起来，说："我觉得人世间应当有这样的书！"立即要求宗绪一定要多读此类书，将来成为深明大义的人。有的时候，听着听着，她会不由自主地停下手中的针线活，针对书中内容提出自己的意见。

就这样，儿子读，母亲听，母亲问，儿子讲，胡宗绪的学习一点儿也没耽误。

渐渐地，孩子们都长大了，潘氏不仅严格督促他们读书，更督促他们为人处世要走正道。谁要是走路寻捷径，她就会一边打一边斥责："为什么不走正路？"有一年，乡间遇灾，潘氏每天只靠瓜蔓、野菜充饥，省下麦子熬成粥，全都给孩子们吃。有时，孩子们也能剩下一口两口，可潘氏从来舍不得送进自己嘴里，而是让孩子端给村里挨饿的乡邻。严格的管教加上以身作则，潘氏教会了三个儿子做人的道理。一次，胡家翻修房子，工人在宅基地挖出黄金千两，交给胡宗绪。尽管家里并不富裕，可宗绪还是不肯收归己有。潘氏听说，十分高兴，倍加赞许，因为儿子没有辜负她多年的苦心教养。

正是在母亲的严格教导之下，胡宗绪为人端正，为学有成，雍正八年（1730）高中进士，授翰林院编修，迁国子监司业。他为文不拘成法，自成一家。史书称，胡宗绪"自经史以逮律历、兵刑、六书、九章、礼仪、音律之类，莫不研穷"，他潜心研究天文、历算、兵法、刑律、地理、六书、九章、音韵之学，尤其在天文、历算等方面成就显赫，是我国著名的文学家、科学家。

文献资料:

《清史稿·列传二百九十五·列女一》

胡弥禅妻潘，桐城人。弥禅卒，遗三子，长子宗绪，方十岁。贫，遣就学村塾，且倚闾泣而送之，逾岭不见，乃返，暮复迎之而泣。三年，贫益甚，罢学，潘不知书，使儿诵，以意为解说。一日，闻程、朱语，叹且起立曰："我固谓世间当有此！"闻诵司马相如《美人赋》则怒，禁毋更读。诸子出必告，襟濡露，则笞之，问："奈何不由正路？"岁饥，潘日茹瓜蔓，而为麦粥饭儿，有余，以周里之饿者。尝命仆治室，发地得千金，献宗绪，宗绪不受，母闻乃喜。宗绪成雍正八年进士，官至国子监司业，笃学行，有所述作。

马其昶《桐城耆旧传·列女·胡节母传第十一》

节母潘氏，兵备副使讳映娄女，为石邻胡公讳弥禅继室，袭参司业母也——司业见前传——母嫁十一年而石邻殁，司业方十岁，两弟皆襁褓，尝语司业曰："我所以忍而不即从尔父地下者，以尔兄弟在也。"家贫不能延师，遣子就学村塾。旦则倚闾泣而送之，逾岭不见乃返，掩闺而泣；暮复泣而迎之。如是三年，贫益甚，呼归家自课。

母素不知书，使儿诵所读，以意为解说；或取本，随指书句命题。母据床沉思曰："若意云何？"良久曰："更须作尔许语。"质之老儒，母命意果佳。司业大惊，遂以师奉母矣。

凡所读书，必讲而诘问，闻程朱语则叹息起立，曰："我固谓世间当有此。"一日诵司马长卿《美人赋》，母大怒，取裂掷之。司业以此终身未尝见邪杂不典之书。诸子出，必告母所为。襟有露渍则挞之，谓："奈何不由正路？"一日积雪，命采薪，行荆棘中，衣裂敝。归而大恐，取杖跪授母，杖已乃敢言也。尝命仆治室，掘地得千金，献之司业，拒不受。母知，大喜曰："士人义命自安，藏金岂祥物哉！"岁饥谷腾跃，母为麦粥饭儿读书，而自茹瓜蔓，余廪周里之饿者，年八十余卒。敕旌贞节。

马其昶《桐城耆旧传·胡袭参、吴生甫二先生传第九十一》

胡先生讳宗绪，字袭参，号嘉遁，明参政曾孙。康熙五十年举人，荐充明史馆纂修官，中雍正八年进士，授编修，迁国子监司业。

先生十岁而孤，家贫，母潘氏自课之。严而有法，自非经史，便不令寓目。先生由是感愤厉节，学修兼茂。旁逮律历、兵刑、六书、九章、礼仪、音律之类，莫不究讨。文词矜慎，不阑入唐以后语。方、刘并时，友善，古藻过两家，其多不如。晚始通籍，游客为生，所至笑语默，倾动坐人。尝变姓名，履危地，脱骨肉于难。及教国子，益严师法、立教条，诸生皆服其德。

《清史稿·列传二百七十二·文苑二》

宗绪，字袭参。康熙末，以举人荐充明史馆纂修。雍正八年进士，授编修，迁国子监司业。少孤贫，母潘苦节，课之严而有法。感愤励学，自经史以逮律历、兵刑、六书、九章、礼仪、音律之类，莫不研穷。著《易管》《洪范皇极疑义》《古今乐通》《律衍数度衍参注》《昼夜仪象说》《岁差新论》《测量大意》《梅胡问答》《九九浅说》《正字通芟误》《正蒙解》《大学讲义》《方舆考》《南河北河论》《胶莱河考》《台湾考》《两戒辨》《苗疆纪事》等书。自为诗文曰《环隅集》，古藻过大樾。

慈母心血育栋梁

——歙县洪氏母教传统

歙县有个历史悠久的古村落，叫作洪坑。两山中有一个长长窄窄的村子，山不高却秀，溪不宽却清。房前屋后花树相掩，是皖南常见的村庄。然而，就是这个看起来平平常常的村子，却因人杰地灵，在古徽州的历史上赫赫有名。特别是洪坑的女人，更因为教子有方，闻名遐迩。其中首屈一指的，就是乾隆年间培育了"新安三凤"的吴绣砚。

吴绣砚是歙县名族出身。吴氏家族深深懂得教育女儿的重要性，因此，绣砚年幼时，就与年龄相仿的侄子们一起进入私塾，学得诗书满腹。长大后，她嫁入洪坑洪氏家族，成为太学生洪琠的妻子。没多久，孩子一个接一个地出生了，三个儿子四个女儿，个个聪慧可爱，可一群儿女绕膝，要吃要喝，当母亲的，家务也就越来越沉重。但吴绣砚心里的一个准则从来没有动摇，那就是再忙再累，子女的教育都是最重要的。文献记载，那些年里，吴绣砚"以教子为己任，相夫子课读，冬不炉，夏不扇"，孩子在学堂里的功课，回家都要重新温习，深入理解，以至于大家都说，洪家的儿子在私塾读书有休息的时候，在家读书却没有终结的可能。

功夫不负有心人。数年之后，洪家三个儿子，个个成为国家栋梁。因为他们都曾出任内阁中书，又被人称为"同胞三中书"。老大洪朴、老三洪梧先后考中进士，老二洪榜更是全国知名的朴学大家，著述等身。不过，在洪氏三兄弟身上，人们看到的不仅仅是母亲在孩子求学之路上的引导，还有做人的规范。正如乡亲们评论的那样，"世家大族，得才子难，得贤子尤难"。洪家老大为人耿介，出任直隶顺德府知府时，严格吏治，罢免贪官，震动朝野；老二性格温良，待人真诚，治学严谨，深得乡里百姓与学术界敬重；老三先后出任沂州知府、主持浙江省科举考试，他体恤百姓疾苦，秉公选拔人才，被评价为"造就甚众"。

就在洪榜出生的第二年，远在江苏常州，一位寄居在此的歙县洪坑村人家，也迎来了一个新生命。小婴儿哭得响亮、认真，就像他日后的学问一样，每一声都落在实处。

这个婴儿就是清中期名动华夏的洪亮吉。为学，他精于史地、声韵和训诂，善写诗及骈体文，于人口问题也颇有建树；为人，他忠孝两全，义薄云天，耿直豪放，诚实守信，绝不阿谀奉迎。而他的成长之路，也处处灌注着母亲的心血。

洪亮吉六岁那年，父亲去世了。母亲蒋氏带着儿女们，靠做女红挣来家用。辛勤劳作的同时，蒋氏早早地开始了家教。她不仅领着儿子洪亮吉读书，而且常常在茶余饭后，将洪氏前辈的优秀事迹讲给他听。亮吉到了进学校的年龄，跟随乡里的老师学习，但乡里的老师不辨音训，回家后，母亲就一一为他校正。于是，洪家的夜晚，常常是一盏孤灯下，母亲边纺织边教儿子诵读诗书，机杼声、诵读声交相融合，直至夜深。

后来，洪亮吉学有所成，乾隆五十五年（1790）一举得中榜眼，授编修，任国史馆编纂官。乾隆五十七年（1792），他担任顺天府乡试同考官，以后又担任贵州学政，入直上书房，教授皇曾孙读书。但就在他身处高位的时候，母亲去世了。洪亮吉伤痛不已，专门请人画成一幅《机声灯影图》纪念母亲，传扬母教之声。

母亲的教诲，是洪亮吉一生取之不尽、用之不竭的精神财富。他能力突出，担任贵州学政时期，为贵州各府书院购置经、史、《通典》、《文选》等多种图书，大大提高了贵州省的学术水平；他仗义，朋友黄仲则贫病交加，孤身客死于山西运城，洪亮吉千里奔丧，扶柩而归，被人传为佳话；他正直，多次秉笔直书，力陈内外弊政数千言，以致被定死罪，被流放；他长于思辨，尤其擅长人口地理学研究，其论人口增长过速之害的文章，实为近代人口学说之先驱；他才华横溢，以词章考据闻名，一生著述丰厚，留下了《卷施阁诗文集》《附鲒轩诗集》《更生斋诗文集》《汉魏音》《北江诗话》及《春秋左传诂》等。

仔细辨识儿子留下的多种著述，母亲的心血点点渗透其中。

文献资料:

［清］汪启淑《撷芳集》卷五十

吴氏，字绣砚，安徽歙县人，翼堂吴太史之女弟也。适同邑易田洪封君琰，著有《蕙棂小草》等集。

［清］吴华孙《洪母吴恭人墓志》

余甥洪梧，奉父命葬母于里之凤形山，卜有日矣，来乞铭。余泣然曰：吾何忍铭吾妹耶！梧固请曰：知母莫如舅。乃含泪而为之志。恭人吴氏，系出先司徒公后，为五世孙女，赠资政大夫、通政使司、通政使竹斋府君之第三女也。先公晚年始生，先妣程太夫人钟爱笃，年十二失怙。越数载，余奉先慈命，为相攸洪源。又二年，余在史馆，请假遣嫁。爰适太学生、今封中宪大夫洪君琰，此两姓之好所由始也。恭人福相端重，面如满月，幼习诗礼，兼通文艺，与侄绶诏、恩诏同塾。其归洪氏也，故巨族，阖门百口，钟鸣鼎食，恭人以谦俭在其间，雍雍如也。太公、太母治家严，每旦，子妇请问起居，恭人闻启户声，趋而入，常先诸姑姒娣。重闱相谓曰：真读书人家女子。其称誉如此。嗣是而后，身任家政于两世，舅姑丧，尽其哀祭，尽其礼亲。宾庶务，任其劳，曩称贤内助者，更称贤母也。世俗相矜财利，子弟多令习贾，洪氏科名仕宦本不绝声，恭人在室，即闻诸父兄庭诲，羡慕之。先后举三子，俱颖慧。恭人毅然担负，以教子为己任，相夫子课读，冬不炉，夏不扇。人谓洪氏子在塾读书有已时，在家读书无已时，盖实录也。不数年间，所生三子，咸以奇才异能召试大科，发轫徽省。既而伯子成进士，督学江汉，典试湖湘。其既也，任秋官，擢台省。洪氏骎骎光显于时，皆由恭人之能教其子，以亲见其成也。不宁惟是，世家大族，得才子难，得贤子尤难。伯子为人耿介，严气正性，出守畿郡，劾罢墨吏，震动朝野。仲子温良和厚，誉流乡党，虽未就职，负公辅之望。伯仲陨逝，士人伤之。季子才名更越两兄，有独肩急难之谊。上塞归来，佐尊人负土，葬其高曾以三、四世于旬月之间，能人所不能，可谓伟男子矣。恭人生于雍正癸卯二月二十一日，殁于乾隆甲辰五月五日，年六十有三。初封宜人，晋封恭人。恭人所生子：朴，乾隆辛卯科进士，榜、梧俱召试中书。梧兼军机处行走。子妇三人：一候补道程公天健女，一兵部职方司郎中汪公启淑女，一封太仆卿江公长进女。女子四人：徐士义、闵道恂、方椿其婿也，一字朱光达，未嫁。孙二人：方回，榜出；昭回，朴出。孙女一人。皆幼。昭回生母吴氏能教子，例得备书。

《清史稿·列传二百六十八·儒林二》

洪榜，字汝登。乾隆二十三年举人。四十一年，应天津召试第一，授内阁中书。卒，年三十有五。粹于经学，著《明象》未成，终于《益卦》。因郑康成《易赞》作《述赞》二卷。又明声均，撰《四声均和表》五卷、《示儿切语》一卷。江氏永切字六百十有六，是书增补百三十九字，又以字母见、溪等字注于《广韵》之目每字之上，以定喉、吻、舌、齿、唇五音，盖其书宗江、戴二家之说而加详焉。为人律身以正，待人以诚。生平服膺戴震。戴震所著《孟子字义疏证》，当时读者不能通其义，惟榜以为功不在禹下。撰震《行状》，载与彭绍升书，朱筠见之曰：

"可不必载，戴氏可传者不在此。"榜乃上书辨论。江藩在吴下见其书，叹曰："洪君可谓卫道之儒矣。"

《清史稿·列传二百九十五·列女一》

洪翘妻蒋，武进人。翘尚义而贫，僦居临大池，隘且湿，蒋择处其尤陋者，暴雨，水浸淫床下。翘既不第，客游养父母。俄书报病且归，蒋挟二子舟迎，闻来舟哭声，审其仆也，号而自掷于水，女佣持之，免。自是率诸女针绗组织，力以自食。授其子礼吉读，至《礼经》"夫者妇之天"，哭绝良久，呼曰："吾何戴矣！"遂废其句读。礼吉稍长，出就里中师，里中师不辨音训，母为正其误，日数十字。母织子诵，往往至夜分……礼吉更名亮吉，有传。

《清史稿·列传一百四十三·洪亮吉传》

洪亮吉，字稚存，江苏阳湖人。少孤贫，力学，孝事寡母。初佐安徽学政朱筠校文，继入陕西巡抚毕沅幕，为校刊古书。词章考据，著于一时，尤精掣舆地。乾隆五十五年，成一甲第二名进士，授翰林院编修，年已四十有五。长身火色，性豪迈，喜论当世事。未散馆，分校顺天乡试。督贵州学政，以古学教士，地僻无书籍，购经、史、《通典》、《文选》置各府书院，黔士始治经史。为诗、古文有法。任满还京，入直上书房，授皇曾孙奕纯读。嘉庆三年，大考翰詹，试征邪教疏，亮吉力陈内外弊政数千言，为时所忌。以弟丧陈情归。

穷不丢书亲课子

——汪中之母邹维贞

清乾隆年间，寓居扬州的歙县人中出了一位杰出的哲学家、文学家、史学家，名叫汪中。他一生没有入仕，却在生前身后文名远扬。扬州老百姓说："无书不读是汪中。"二十七岁那年，他写了一篇《哀盐船文》，被当时的文坛大家评为"惊心动魄，一字千金"；十几年后，他再写下三千多字的《广陵对》，又被誉为"天地间有数之奇文"。乾隆五十五年（1790），汪中应聘至镇江文宗阁检校《四库全书》，四年后，又前往杭州文澜阁检校《四库全书》，积劳成疾，卒于西湖僧舍。闻知噩耗，四方文士会聚拜祭，典礼上出自名家之手的"述德诵芳""仰之弥高"匾额，彰显了这位布衣名士对祖国文化事业的杰出贡献。

那么，如此一代名士是从一个什么样的家庭走出的呢？说起来人们也许难以相信，汪中幼年竟然因为贫穷，从来没能正式进入学校读书。他是一个苦命的孩子，七岁就死了父亲，家中没有任何积蓄，全靠母亲邹维贞教几个女学生，替人家做鞋、缝衣度日。白天忙活整整一天，入夜，邹氏还要为孩子们浆洗缝补，七忙八忙就到了深夜，一个月里，得有半个月难以入眠。

拖着四个孩子的邹维贞是怎样一天一天熬过来的，实在难以想象。然而，屋漏偏逢连夜雨，一场大饥荒突然降临，为了求生，汪中全家不得不搬到一所破房子里暂且栖身。那房子破得连墙都少了一堵，顶上也只是勉勉强强地盖着草苫。为了糊口，每天天一亮，母亲就拉着汪中和小妹，厚着脸皮出门讨食；入夜，寒风刺骨，全家人抱成一团取暖，眼巴巴地等着太阳出来，才觉得又有了活下去的希望。

就在如此艰难的日子里，邹维贞也没有忘记孩子求学这件大事。家里实在太穷了，拿不出钱送孩子进学堂，她就自己当老师。从塾师之家走出的邹氏，未出嫁时曾躲在父亲学堂的屏风后面听课。现在，就凭借这些偷听来的知识，她开始了对儿子的启蒙教育。多少个漫漫长夜，缺衣少食的寡母幼子，忍饥挨饿，就着一盏如豆的孤灯，一诵一记，一笔一画，走进《大学》《中庸》《论语》《孟子》的世界，从最简单的汉字开始，渐渐接近书中的思想。那情景，任谁见了，都不能不为之动容。若干年后，汪中写下诗作，描绘了他与母亲相依为命、灯下课读的点点滴滴："严漏知冬尽，残春偪岁荒。米盐来日计，灯下几回肠。""夜长资火力，天晓惜膏残。比似吾亲苦，煎熬渐欲干。"……堪称字字泣血，句句动情。

如此，没有被穷苦压倒的弱女子邹维贞，一步步带着儿子走过了最初的启蒙岁月。也许她的学识有限，也许她日后再也不能读懂儿子的皇皇巨著，但有一件事是毫无疑问的——正是这位挣扎在贫困之中的母亲，以自己的努力，为儿子奠定了一个坚实的求学根基。此后，十四岁的汪中进入书店当学徒，获得了博览经史百家书籍的机会，并依靠自学，终于走向那一时代中国学术的高峰。

文献资料：

[清] 汪中《先母邹孺人灵表》

母讳维贞，先世无锡人，明末迁江都。凡七支，其六皆绝，故亡其谱系。父处士君鼐，母张孺人。处士授学于家，母暇日于屏后听之，由是塾中诸书皆成诵。张孺人蚤没，处士衰耗，母尽心奉养，抚二弟有恩，家事以治。

及归于汪，汪故贫。先君子始为赘婿，世父将鬻其宅，先主无所置。母曰："焉有为人妇不事舅姑者？"请于处士君，割别室奉焉。已而世叔父数人皆来同爨，先君子羸病不治生。母生子女各二，室无童婢，饮食衣屦，咸取具一身，月中不寝者恒过半。

先君子下世，世叔父益贫，久之散去。母教女弟子数人，且缉屦以为食，犹思与子女相保。直岁大饥，乃荡然无所托命矣。再徙北城，所居止三席地，其左无壁，覆之以苫。日常使姊守舍，携中及妹，俍然丐于亲故，率日不

104

得一食。归则藉藁于地，每冬夜号寒，母子相拥，不自意全济，比见晨光，则欣然有生望焉。迨中入学宫，游艺四方，稍致甘旨之养。母百病交攻，绵历岁年，竟致不起。呜呼痛哉！

母忠质慈祥，生平无妄言，接下以恩，多所顾念。方中幼时，三族无见恤者，母九死流离，抚其遗孤，至于成立。母禀气素强，不近医药。计母生七十有六年，少苦操劳，中苦饥乏，老苦疾疢；重以天属之乖，人事之湮郁，盖终其身鲜一日之欢焉。

《清史稿·列传二百六十八·儒林二》

汪中，字容甫，江都人。生七岁而孤，家贫不能就外傅。母邹，授以四子书。稍长，助书贾鬻书于市，因遍读经、史、百家，过目成诵，遂为通人。年二十，补诸生。乾隆四十二年拔贡生，提学使者谢墉，每试别置一榜，署名诸生前。尝曰："余之先容甫，爵也。若以学，当北面事之。"其敬中如此。以母老竟不朝考。五十一年，侍郎朱珪主江南试，谓人曰："吾此行必得汪中为选首。"不知其不与试也。

中颧意经术，与高邮王念孙、宝应刘台拱为友，共讨论之。其治《尚书》，有《尚书考异》；治《礼》，有《仪礼》校本、《大戴礼记》校本；治《春秋》，有《春秋述义》；治《小学》，有《尔雅》校本，及《小学说文求端》。中尝谓：国朝古学之兴，顾炎武开其端；《河》《洛》矫诬，至胡渭而绌；中、西推步，至梅文鼎而精；力攻古文者，阎若璩也；专治汉《易》者，惠栋也。凡此皆千余年不传之绝学，及戴震出而集其大成。拟作六儒颂，未成。

又尝博考先秦古籍三代以上学制废兴，使知古人所以为学者。凡虞、夏第一，周礼之制第二，周衰列国第三，孔门第四，七十子后学者第五。又列通论、释经、旧闻、典籍、数典、世官，目录凡六……中又熟于诸史地理，山川阸要，讲画了然，著有《广陵通典》十卷、《秦蚕食六国表》、《金陵地图考》。生平于诗文书翰无所不工，所作《广陵对》《黄鹤楼铭》《汉上琴台铭》，皆见称于时。他著有《经义知新记》一卷、《大戴礼正误》一卷、《遗诗》一卷。五十九年，卒，年五十一。

中事母以孝闻，左右服劳，不辞烦辱。居丧，哀戚过人，其于知友故旧，没后衰落，相存问过于从前。道光十一年，旌孝子。中子喜孙，自有传。

量材育儿显识见

——凌廷堪之母王氏

在日常生活中，人们常常会听说某人读书不成，转而经商的故事。可是在安徽历史上，却有一个经商不成，日后成为学术大家的人物，他就是清代乾嘉年间闻名遐迩的歙县人凌廷堪。

说起凌廷堪的求学之路，不能不提到他的母亲王氏。这位连自己的名字都没有流传下来的女性，对世事的认识，对儿子的了解，真是令人感佩。

乾隆二十二年（1757），凌廷堪出生于一个徽商之家。父亲凌文煜在海州做生意，廷堪就出生在这个远离家乡的地方。那时候，凌家的生意很不景气。雪上加霜的是，凌廷堪刚刚六岁，父亲就告别人世，孤儿寡母无钱无力，竟不能将逝者运回家乡安葬。

家贫至此，按说凌廷堪是没钱上学的。但母亲王氏是个有见识的女性，她早就发现这个小儿子爱读书，有灵气。五岁的时候，见到别人读书识字，廷堪就能站在一边默默记认，父亲叫他读堂匾对联，小小的人儿已能应声对答。父亲去世后，尽管家里困窘得衣食无着，当娘的还是当掉自己仅有的首饰，将刚满七岁的凌廷堪送进学堂。小廷堪聪颖异常又勤学上进，在学堂中大显风采，被人称为"日读百行"。

可惜，十三岁那年，凌廷堪还是失学了。贫穷逼得全家人走投无路，小小年纪的他，也不得不去学做生意，挣钱养家。可他实在难以放下心爱的书本。十五岁的一天，他偶然在朋友家见到《词综》《唐诗别裁集》，立即小心翼翼地借回家，夜夜研读，从此学会了作诗填词；十六岁时，他协助戏曲家吴恒宣编写《云台山志》，拜吴为师，开始学习南北曲；十八九岁，他的诗词作品已大有长进；二十出头，凌廷堪不仅能赋诗填词写曲，还在受雇为人抄书的过程中，学会了写作古文……

尽管身处陋室，儿子的专长和爱好还是被细心的母亲一一看在眼里，记在心上。虽然这个家太需要钱了，虽然让儿子继续做生意挣钱会很快，但王氏还是将廷堪叫到身边，语重心长地对他说："你做生意不好意思与人争利，恐怕不行。我看，你还是适合做学问。不过，治学并非只为了得到一个博士弟子的称号，必须通经立行，做一个像古代大儒那样的人。再说，独学无友，就会孤陋寡闻，我有你哥哥侍奉养活，你还是去寻找老师、朋友吧！"

就这样，二十三岁的凌廷堪放下算盘，捧起诗书。在母亲和兄长的支持下，求学四方。买不起书，他就借来抄写，日日读到深夜。几年后，凌廷堪来到京城，因才华名噪一时，成为著名学者翁方纲的弟子。又过了几年，他客居扬州，与同乡学者汪中一起辩论古今，与一代文宗阮元成为朋友，与博综群经的江藩成为莫逆之交，学术成就突飞猛进，终成清代不可多得的文学家、经学家、音韵学家、曲论家。

文献资料：

［清］阮元《凌母王太孺人寿诗序》

　　吾友凌次仲官宁国教授，明年太孺人寿八十有一……太孺人姓王氏，海州旧族。次仲尝谓元曰："昔先君子以依亲戚，自歙客海州，娶太孺人，某兄弟实生于是焉。某六龄而孤，兄年二十有六，贫不能自给。太孺人鬻簪珥使就塾师读书……少长，习贾于市，往往为人所绐。太孺人曰：'汝为贾而耻与人争利，恐难成。宜从事于学。然学非蕲为博士弟子之谓也，必通经立行，为古之儒焉。且独学无友则孤陋而寡闻，吾有汝兄侍养，汝其游四方就师友以成之。于是次仲乃挟书出游，博通经史。善属文，尤精'三礼'及推步之学。"

《清史稿·列传二百六十八·儒林二》

　　凌廷堪，字次仲，歙县人。六岁而孤，冠后始读书，慕其乡江永、戴震之学。乾隆五十五年进士，改教职，选宁国府学教授。奉母之官，毕力著述者十余年。嘉庆十四年卒，年五十三。

廷堪之学，无所不窥，于六书、历算以迄古今疆域之沿革、职官之异同，靡不条贯。尤专礼学，谓："古圣使人复性者学也，所学者即礼也。颜渊问仁，孔子告之者惟礼焉尔，颜子叹道之高坚前后。迨'博文约礼'，然后'如有所立'，即'立于礼'之立也。礼有节文度数，非空言理者可托。"著《礼经释例》十三卷，谓："礼仪委曲繁重，必须会通其例。如乡饮酒、乡射、燕礼、大射不同，而其为献酢酬旅、酬无算爵之例则同；聘礼、觐礼不同，而其为郊劳执玉、行享庭实之例则同；特牲馈食、少牢馈食不同，而其为尸饭主人初献、主妇亚献、宾长三献、祭毕饮酒之例则同。"乃区为八例，以明同中之异、异中之同：曰通例，曰饮食例，曰宾客例，曰射例，曰变例，曰祭例，曰器服例，曰杂例。《礼经》第十一篇，自汉以来说者虽多，由不明尊尊之旨，故罕得经意，乃为封建尊尊服制考一篇，附于变例之后。大兴朱珪读其书，赠诗推重之。

廷堪《礼经》而外，复潜心于乐，谓今世俗乐与古雅乐中隔唐人燕乐一关，蔡季通、郑世子辈俱未之知。因以隋沛公郑译五旦、七调之说为燕乐之本，又参考段安节《琵琶录》、张叔夏《词源》《辽史乐志》诸书，著《燕乐考原》六卷。江都江藩叹以为"思通鬼神"。他著有《元遗山年谱》二卷，《校礼堂文集》三十六卷、《诗集》十四卷。仪征阮元常命子常生从廷堪授《士礼》，又称其《乡射五物考》《九拜解》《九祭解》《释牲》《诗楚茨考》诸说经之文，多发古人所未发。其尤卓然者，则《复礼》三篇云。

修身立品须从幼

——张聪贤之母左北堂

在陕西西安市碑林博物馆里，现存一块刻于清道光四年（1824）的《官箴》碑，碑文上书："吏不畏吾严，而畏吾廉；民不服吾能，而服吾公。公则民不敢慢，廉则吏不敢欺。公生明，廉生威。"这篇铭文的书写者，是时任长安县令的桐城人张聪贤。

张聪贤是这样写的，也是这样做的。他到长安上任时，县里不正之风盛行。张聪贤决心振起士风民俗。他先是召集大家立规矩，撰写通俗文章向民众宣传，推选各地公正人士来当乡约。凡是不遵守规定、违背乡约的，首先警告；

114

屡教不改的，严惩不贷。他还创办二十几所义学，免费教村民识字，到一定时候，县令亲自主持考试。长安县有一条苍龙河，长期淤积，发大水时，一淹就是民田上万顷，就连邻县也跟着遭殃。张聪贤得知此事，亲自巡视河道，安排村民分段治理，沿河筑堤，一年就大功告成。以后每年二月，大家再分段取河泥加固堤坝，种树护堤，终于变害为利，老百姓感激地将苍龙河改称"张公河"。

面对众人的赞赏，张聪贤念念不忘的，是母亲的教诲。

说起张聪贤的母亲，就不能不从安徽桐城的左氏家族说起。提起桐城左氏，人们首先想起的，往往都是明代末年的大忠臣——"铁骨御史"左光斗。其实，作为桐城望族之一，左家诗书代传，名家辈出。张聪贤的母亲左北堂就从这样一个家庭走出来的。幼年时代，她接受了良好的教育，长大后不仅好读书，而且通晓大义。十七岁那年，左北堂嫁入张氏家族，成为张英元孙张元表的妻子，生下三儿一女。在她的精心抚育下，儿子聪赉、聪慧、聪贤好学上进，就连女儿宜雕也诗才卓著。

不过，左北堂更看重的还是儿女要承继祖上的清正家风。史料记载，张聪慧外出为官的时候，母亲谆谆嘱咐：

"州县官不易为，汝与聪贤皆膺民社，吾喜且惧，惟期洁己爱民，不令百姓怨詈、玷辱先人，吾愿足矣。"意思是，做地方官不容易，你和聪贤都承担了人民与社稷的重任，我又高兴又害怕，只盼着你们洁身自好，爱护民众，不要让百姓怨愤、责骂，不要玷辱先人，我就满意了。她还写下《训诸子及孙曾辈》诗，吟道："耕读成家善主持，修身立品须从幼。养儿切忌纵娇痴，莫到知非后悔迟。"

文献资料:

[清] 张聪贤《北堂诗录卷后》

右诗凡三十七首,吾母左太安人作也。左氏为桐城望族,父讳洛文,行重于时……太安人幼慧,好读书,通晓大义,尝学诗于兄主事君。年十七归先府君。府君讳元表,大学士太傅文端公元孙也。文端生礼部侍郎讳廷璐,侍郎生湖北巡抚讳若震,巡抚生两淮盐运分司讳曾牧,是生府君。自文端公至分司皆娶于姚,与左氏亦世为姻娅,太安人之母即府君从姑也。

……聪慧之任,训之曰:"州县官不易为,汝与聪贤皆膺民社,吾喜且惧,惟期洁己爱民,不令百姓怨詈、玷辱先人,吾愿足矣。"

……今岁三月三十日为八十称觞之辰,聪贤等不敢以官物为寿,请校诗卷,寿之梨枣,不许;请检卷中诗篇之有俾妇道、母仪者,刊藏于家,许之。因敬录如右,并纪太安人言行以备诗中笺释。

马其昶《桐城耆旧传·张潼关、潘遵义传第百十三》

张公讳聪贤，字爱涛，巡抚公曾孙也。嘉庆十年进士，选庶吉士。

……道光初再出，权长安，数年始补潼关厅，摄同州府事。其治以教养、振起士风民俗为务。在长安久，绩效尤著。创义学廿余所，教村民识字，亲诣考课。县多弊俗，为立教条，撰通俗韵言以晓譬之。推择闾里公正者为乡约。不率教条、乡约，警之；犹不悛，然后严惩焉。又实行保甲法，稽户口，奸究远迹。回民旧有礼拜寺，因其俗，时往讲说忠孝事，回民感悦。捐资修《长安志》，四载成书。

……县有苍龙河，久淤不治，淹没卅四社，民田万五千顷，而鄠县、咸阳田亦因以被害，狱讼繁兴。公巡视河道，令村民分段开浚，筑沿河堤。民居远，则官自浚筑，一年功成。立期会，每岁二月，各分段取河底泥加堤上，浚深培高。益种树护堤，至今为利，民称曰"张公河"。

德厚才高母教功

——程葆之母汪嫈

乾隆四十六年（1781），扬州城里，远近闻名的歙县名士汪锡维家，传出一阵新生儿响亮的啼哭声。据说前一日，女婴的母亲曾梦游蓬莱岛，见到一所房子挂着"雅安书屋"的匾额，这女孩儿后来就起名汪嫈，字"雅安"。自幼生长在诗礼之家，汪氏女儿聪颖非常，五岁就能对对子，六岁读唐诗，数年之中"四书五经"——成诵。

嘉庆六年（1801），二十一岁的汪嫈嫁给了同乡盐商程鼎调。程鼎调虽为商人，却也饱读诗书，只因科举不利，才转而经商。夫妻俩琴瑟相和，度过了一段难以忘怀的甜蜜时光。几年后，第一个孩子出生了，却不料早殇。又过了三年，程葆出生，汪婺自然视作珍宝。可是，她绝不娇惯，只期待儿子能够成为有用之才。不久，葆儿开始牙牙学语，考虑到扬州城虽然繁华，但毕竟不如新安故里诗书底蕴深厚，宜于静心读书，于是，一家三口一路舟车劳顿，回到山清水秀的歙县老家。身为商人，程鼎调不得不长年往来于淮北、光州等地办理事务，家中的一切，特别是儿子程葆的学业，就全部交给汪婺照料。

谁知天降大祸，五年后，程鼎调突然病逝。汪婺痛不欲生，恨不能追随丈夫而去。亲人们将十一岁的儿子推到她面前，才断绝了汪婺赴死的念头。接下来的日子里，孤儿寡母相依为命。由于鼎调先生一贯重义轻财，乐善好施，程家积蓄不多。如今收入断绝，母子俩的生活很快陷入困境，只能依靠汪婺缝纫、织补，赚几个小钱勉强度日。这时，有亲朋好友看他们日子艰难，就劝汪婺依照徽州民间风俗，早点儿送儿子学做生意，早点儿挣钱养家。但汪婺坚决不同意，她认为孩子必须首先读书明理，否则不能成材。于是，白天她送儿子上学读书，自己忙于家务、女红；入夜，一盏油灯亮起，儿子将所学的课程一一读给母亲听，母亲则循循善诱地为他解疑释惑。日子就这样一天天地过去，看似平静无奇，却内含坚毅顽强。

程葆渐渐长大，课业突飞猛进。此时，母亲感到自己的学力已不足教子，于是，她毅然撇下万千不舍之情，要求程葆打点行装，赴扬州请舅舅予以指点，并写下一首首《示儿》诗，千叮咛万嘱咐，只要程葆勤学向上。

二十四岁那年，程葆中举，五年后登入进士榜。孝顺的程家男儿将母亲、妻儿一起接进北京。欣喜之余，汪嫈语重心长地叮嘱儿子："读书奉职加珍重，莫忘青衫旧泪痕。"

也许在一般母亲看来，儿子中进士，做高官，已经达到人生最高目标。但汪嫈恰恰是那个"不一般"的女性。多年的文化濡养使她视野开阔，胸襟博大。她的眼中、胸中并不仅仅有丈夫、儿子，还有家国命运、民族兴亡。翻开汪嫈的诗文，可见她曾写下《设义田义学议》，表达自己对设置义田、义学的意见；她曾创作《喜闻禁鸦片烟记》，体现了强烈的时政感和爱国心。现在，儿子进入仕途，得以报效国家，汪嫈反反复复提醒他"务做通儒做好官"。为此，她在晚年写下《居官之要》《戒葆儿书》《葆儿三十初度》《示葆儿八首》等诗文，告诫程葆做官一定要廉洁、正直，严于律己、实心办事，要做到"操持清似水，品望重如山""不伤财，不害民""不可偏听，不可轻举""兴利首重农桑""与民宜亲近，不宜疏远"。

在汪婪的督导下，程葆为官克己奉公，忠于职守，最终与妻子、女儿一起，在国家危难之时以身许国，成为名垂青史的忠义之士。

文献资料：

[清] 刘文淇《程母汪太宜人家传》

太宜人姓汪氏讳嫈，字雅安，诰赠奉直大夫程公鼎调之继室，工部主事葆之母也。程与汪皆歙望族，侨居扬州。太宜人父锡维，以文学知名于时。母郑太孺人梦游蓬莱，有童女出迓，翌日，太宜人生。幼即聪颖，经传过目成诵。未笄，已能赋诗。事父母得其欢心，戚党咸称为至孝。

年二十一，归奉直公，以未及见舅姑为憾，每遇忌日，必斋肃奉祀。逾年生子葆，聪慧而早殇，太宜人深悼惜之。越三载而葆生，慈爱倍至，然训之最严。每自塾归，坐灯下课以昼所诵读，且为讲解大义。

奉直公挈家返歙，而复就馆于扬，猝遇疾卒。其时葆年甫十一，太宜人闻讣至，痛不欲生，诸娣姒勉以抚孤事重，乃饮泣而止。奉直公家本素封，因好施，中落。至是，困厄益甚，恃针黹以给朝夕。亲族或劝葆弃书习贾，太宜人执不许，命负笈来扬，依舅氏近垣从师请业。

123

道光癸未，以寄籍试仪征入学；戊子，乡试中式；癸巳，成进士。迎养太宜人入都，乃示以居官之要曰："凡事据理准情，总期无愧于己，有利于物，是在虚心省察，不可偏听，不可轻举。"葆奉教维谨，在郎署间，卓然负清望，一时贤大夫佥谓葆以孤露之身，克自树立，固由奉直公之绩学砥行，启佑其后人，而实则太宜人折萲画荻，更百苦以成之者也。

太宜人性好读书，尤留意于前人遗迹，汪氏远祖贞明公遗书残缺，择其首尾完具者，手录成册。程氏先祠"乐善堂"岁久渐圮，以从侄学溥有志重修，为文以嘉其志。奉直公著有《家训》，命子侄详校而付诸梓。生平所作诗不轻以示人，末年始编为四卷，其《自述》云："余幼受业黄秋平师，兼从师母张净因孺人，学诗专务实功，不恃妙悟。"其与奉直公论诗云："人非有真性情，不能得诗之本原，学之既深，即性天内亦自有怡然涣然之乐。"《全集》冲和淡雅，信能自践其言者。文亦不多作，而持论悉有根据，可垂范后世。其《与弟近垣书》云："人苟洁清自好，固已迈越恒流，然或过情矫矫，于义所当得一介不取，反令后人相继勉强从事，不得不为分外之求，是防弊，实以增弊也。又有忠厚长者成就后学，一节之长，赞不容口，而薄俗非之，必以直言要誉，致起攻讦之端，不予自新之路，是皆好名累之也。"又《诫子书》云："《易》曰，节以制度，古人俭以养廉，本诸此也。人或昧此，穷而在下，不过仰事俯育，鲜克裕如达，而在上，遂竭民膏、侵库贮，无所不至，皆不节故，岂必声色之缘、饮食之奉，穷泰极奢，即慷慨不量力，罄己有限之资，供人无厌之求，所谓节者安在？儿善体母心，即'节之'一言，终身守之，处己、处人，两得之矣。"

［清］阮元《雅安书屋诗集序》

《雅安书屋诗》四卷，程节母汪太孺人著。令子镇北，余癸巳礼闱所取士也，曩曾奉节母《秋灯课子图》请余为记，得知节母为余友汪君埙之长女，工诗能文，禹和赠君早逝，时镇北甫十一岁。节母守志抚孤，日以针黹易薪水，夜犹一灯课读不休。既察其子学将有成，则命负笈四方，茕茕独居，所处皆生人，至艰。迨镇北成进士，母心稍慰。然亦清贫不能自给，而顾于治家之暇，酷嗜吟咏。意者节母之诗，殆借以发其抑郁愁苦之气云耳。前年秋，节母殁，今镇北亲以诗来，启帙读之竟日。其五言古近体风格，大抵与有唐初、盛为近，辞气温厚和平，质而不陋，清而不纤，粹然几于儒者之言。至于七言长句及咏史诸律，则放笔为之，雄豪跌宕，迥非寒俭家所能望见。其共传诵者，如《论诗》六首，洞见本源；《示儿》八首，可铭座右，为立身居官之镜；《论陶诗》一首，尤为至论，然后知节母之诗品、人品，俱侗乎远矣。

《清史稿·列传二百九十五·列女一》

程鼎调妻汪，名婺，字雅安，歙人。好学，通儒家言，诗文皆雅正。病将卒，为诗曰："秋风一叶落，余亦归荒墟。"遗书戒其子葆，言家事至详。复谓："武侯著书，内有八务、七戒、六恐、五惧，武侯第一流人，务一，而戒恐惧居其三，可不识所致力耶！"葆编其所作为《雅安书屋诗文集》。

《清史稿·列传二百八十·忠义七》

程葆，歙县人。道光十三年进士，以主事分工部。咸丰二年六月，外授广东肇庆府知府。时粤匪麇集皖境，谋犯浙江，葆赴任，道经杭州，巡抚何桂清奏令回籍治乡团助剿。五年，贼陷休宁，葆率民团出境援，与官军会击于东、南二门，毙贼目，贼惊退入城。诸军连夜进攻，贼由西门遁，遂拔休宁，乘胜克复石埭。自是葆益激励乡团，屡助官军剿贼，徽郡肃清。旋檄赴杭助守，城陷，死之。

梅花香自苦寒来

——梅曾亮之母侯芝

有清一代，安徽宣城梅氏家族大名鼎鼎。近代著名政治家、理学家、文学家曾国藩曾说，论及清代诗书世泽，当以桐城张氏、高邮王氏、宣城梅氏为不可及。康熙年间，号称"国朝算学第一"的大科学家梅文鼎被皇上御赐"绩学参微"四个大字，从此以后，梅氏家族代有传人。嘉庆年间，梅文鼎六世孙曾亮以杰出的文章写作水平，成为继姚鼐之后桐城派的领袖人物。

不过，从梅文鼎到梅曾亮，中间经过了上百年的时光。不论当初的梅家是何等风光，待梅曾亮来到这个世界的时候，这个家族已经渐渐没落。饱读诗书的梅冲最终也没能考中进士，为了一家的生计，他不得不常年在外。家中的老父老母、三子一女，全靠妻子侯芝照料。

侯芝出身于诗书之家，自幼跟随父亲、堂兄学习诗文。嫁到梅家后，想想百年前"海内尽知梅氏学"，看看如今蓬门陋屋中的儿女，她真是倍感压力。作为一个有见识、有才学的女子，一个为昔日梅氏家学名扬天下而倍感自豪的母亲，侯芝毅然决然地承担起培育子女的任务。那时候，梅家真是度日维艰，侯芝需要时不时地拿一些衣裙饰物去当铺换钱，但她还是延请了学问深厚的塾师为孩子们上课，回家后就要督问他们："今天的功课老师讲了什么，你能不能记得？是不是背着老师偷玩了？"

督促之外，还有晚上的备课、教学。为了给儿子更多的学养，侯芝决定亲自引导曾亮研读《文选》。《文选》是中国历史上影响最为深远的诗文选集，南北朝以后就成为历代士人学习诗赋的范本，研读起来，颇有难度。多年后，梅曾亮深情地回顾儿时母教的场景，还说道："先子留上都，我母课中闱。《文选》苦难字，背诵行迟迟。"而侯芝也在自己的诗作中描述了当年的艰辛："贫家事事合亲操，昼短何能惜夜劳？呵冻捡书还自写，生疏字怕误儿曹。"——夫君身在异乡，贫苦的家中事事都得自己亲自操持。天寒地冻，也只有呵呵双手取暖，然后继续读书备课，只怕有生疏字词没有准备好，耽误了孩子们的学习。

当然，侯芝对子女的教育还有赖于自身的"淹贯经史，学有根柢"。她与丈夫、亲友之间，时时书信往来，常常以诗作抒怀。譬如，告诉梅冲家中一切安好，劝他不要挂念，她写道："双亲且喜俱强健，儿女粗能谙简篇。俭以养廉家有训，文常憎命事由天。身无疾病须知福，座列诗书即是仙。但得齑盐无缺日，春风也算到门前。"劝说外甥勤奋努力，她写道："我闻古之士，励德以励志。善小亦须为，过小亦须记。毋恃一身安，要令百行备。岁寒亦有时，次第春风至。"自嘉庆十六年（1811）起，她将大量精力投入弹词改编，今日存世的还有《再生缘》《玉钏缘》《再造天》《锦上花》《金闺杰》等多种。

可以想见，有了这样一位母亲，宣城梅氏家族必然是书香氤氲。侯芝的子女中，不仅梅曾亮成为当时文坛上耀眼的新星，就连女儿梅淑仪也是才华出众，品性贤良，酷似母亲。

文献资料:

《清史稿·列传二百九十三·畴人一》

梅文鼎，字定九，号勿庵，宣城人。儿时侍父士昌及塾师罗王宾仰观星象，辄了然于次舍运转大意。年二十七，师事竹冠道士倪观湖，受麻孟旋所藏台官交食法，与弟文鼐、文鼏共习之。稍稍发明其立法之故，补其遗缺，著《历学骈枝》二卷，后增为四卷，倪为首肯。

值书之难读者，必欲求得其说，往往废寝忘食。残编散帖，手自抄集，一字异同，不敢忽过。畴人子弟及西域官生，皆折节造访，有问者，亦详告之无隐，期与斯世共明之。所著历算之书凡八十余种。

《清史稿·列传二百七十三·文苑三》

梅曾亮，字伯言，上元人。少时工骈文。姚鼐主讲钟山书院，曾亮与邑人管同俱出其门，两人交最笃，同肆力古文，鼐称之不容口，名大起。间以规曾亮，曾亮自喜，不为动也。久之，读周、秦、太史公书，乃颇寤，一变旧习。义法本桐城，稍参以异己者之长，选声练色，务穷极笔势。道光二年进士，用知县，授例改户部郎中。居京师二十余年，与宗稷辰、朱琦、龙启瑞、王拯、邵懿辰辈游处，曾国藩亦起而应之。京师治古文者，皆从梅氏问法。当是时，管同已前逝，曾亮最为大师；而国藩又从唐鉴、倭仁、吴廷栋讲身心克治之学，其于文推挹姚氏尤至。于是士大夫多喜言文术政治，乾、嘉考据之风稍稍衰矣。未几，曾亮依河督杨以增。卒，年七十一。以增为刊其诗文，曰《柏枧山房集》。

胡士莹《宛春杂著·弹词女作家侯芝小传》

侯芝，字香叶，自号香叶阁主人。陈作霖《金陵通传》卷三十一《梅氏传》："（梅）冲妻侯芝，字香叶。"清道光三十年刊本《再生缘》序，题"香叶阁主人侯芝"。江宁人。父学诗，字甫衢（《据金陵通传》），一字起叔，号莘园。幼孤贫力学，邃于诗。有《梅花草堂诗》十六卷。乾隆三十六年进士。服官广东，所至有政声。……芝幼承庭训，亦时从从兄云锦问学。……芝艰苦持家，时典质以维生计。困于劳悴，晚益多病。侯芝《再生缘》序："余幼弄柔翰，敢夸柳絮迎风；近抱采薪，不欲笔花逞艳。"按：序作于道光元年（1821），侯芝年约六十一岁。生子四人：曾亮、曾凭、曾诏、曾诰，女一人：淑仪。曾诰早死。芝延云锦课子女于家，曾亮学大进，淑仪亦能诗。……性好吟咏，并世闺彦，有往来酬赠者。女诗人王乃德有《寄侯香叶芝夫人》诗。见《种竹斋闺秀联珠集》。尤擅弹词，曾手订《玉钏缘》《金闺杰》《再造天》《锦上花》四种。

机杼之下课诗书

——姚莹之母张氏

清嘉庆十三年（1808），一个振奋人心的消息从京城传到桐城：二十四岁的姚莹考中进士了！尽管进士及第在姚家历史上绝非罕见，但对于此时此刻的姚氏家族来说，还是意义非常的。姚莹的祖父姚斟元虽是饱学之士，但科举考试成绩不佳，只是一名邑增生，长年主讲广东香山书院；父亲姚骙因家贫弃学，客游在外将近三十年。三代之中只有姚莹一人得中进士，大家怎能不欣喜非常？庆贺之余，人们都说姚莹这孩子的成功，多亏了母亲的教育，全是母亲张氏的功劳。

张氏出身于桐城望族，是康熙年间大学士张英的后裔。她幼读诗书，通情达理。二十岁嫁为姚骙妻。过门以后，张氏几乎没过上几天太平日子，那些年里，本已衰落的姚家频频遭遇天灾人祸。姚莹七岁的时候，大家庭终于正式解体，老宅被卖。再过几年，家乡水灾，爷爷去世，姚莹病重……最艰难的时候，家中水深三尺，母子只能趴在木板上活着，一口饭也吃不上。有一次姚莹得了"痘症"，十分危重，乡里不少孩子因此丧命。为了给姚莹治病，张氏想起亲族中有一家人曾经欠姚家的钱。她顾不得天黑路滑，连夜上门请求归还。不料，那亲戚不仅一口否认欠账，还出言不逊，责骂了张氏。

艰难之中，本乡一户暴富人家提出与姚家联姻，说是可以解决姚氏母子的穷困，没想到被姚母一口回绝。母亲的痛苦、隐忍与坚强，姚莹看在眼里，记在心头，成了他奋发学习的强大动力。十二岁的时候，姚莹就向母亲发誓："从此以后，我要立志发愤！"

为了进一步激发儿子求学向上的志向，张氏常常对他们说起古今贤哲与姚家先祖辉煌的事迹。她还以自己的见识，为儿子们点评本朝掌故、乡间人事，拓展他们的视野，使姚氏兄弟受益匪浅。那些年里，姚氏兄弟白天由塾师教诲，晚上回到母亲身边，母亲就会拿出她亲手制定、一笔一画抄写的讲义，辅导他们深入学习。多年后，姚莹不止一次地对人说起，"莹兄弟《诗》《礼》二经，皆太宜人口授"，正是因为有这样一位"机杼之下课以诗书""间述古人事迹及先世懿行勖勉"的母亲，他才能做到"束发即略知为人"。

当然，姚母对儿子也不是一味严格要求，更有疼爱，只是这疼爱的表达方式十分委婉。比如，冬夜里，姚莹苦读直到深夜，母亲会突然叫起来："天太冷了，我的脚都冻僵了！"这时，孝顺的姚莹就会赶紧爬上床，抱住母亲的脚睡觉。

辛勤的付出得到丰厚的回报，姚莹终于成长为一代人杰。出仕之后，他关注民情，尽心民事，讲求操守，具有远见卓识，不仅是一位爱国能臣，而且是一位著名学者，一位才华横溢的桐城派文人，堪称中国传统社会的人物表率。而这一切，都离不开当年母亲的教导。

文献资料：

［清］ 姚莹《痛定录》

某生于县城内之北后街，大兄时年五岁。桐城大饥，死亡相继于道。先祖春树府君客广东，主讲香山书院。祖母徐太宜人已殁。醒庵府君年二十二，家居。张太宜人年二十四，操内政，日一饭一粥。

……春树府君乃命鬻宅及徐太宜人奁田以偿。犹不足，并取七伯祖母张孺人遗田鬻三百金益之……仓卒未有居，张太宜人携某兄弟假居于伯外祖园先生家，醒庵府君假居于马氏。是为荡析之始。其冬，乃典得南后街延陵市倪氏宅……

张太宜人闭户萧然，惟典鬻衣物自给，不以急乏告人，亲戚中有知者莫不嗟叹以为贤。

……时，家益乏。张太宜人悉遣仆妇，自临炊汲，素不任操作，十指皆流血。性喜洁，门庭内外，洒扫修整。庭中有大树广荫数院，每旦落叶盈庭，太宜人必亲自扫之，大兄时年十三，令扫其一而已，太宜人手持箕帚，未尝不谆谆以好学读书教某兄弟也。日延价人先生，供馔必精，夜则太宜人自课。某所读《诗》及《周官》二经，皆太宜人口授。大兄初讲书，太宜人隔窗听之，或不慧而师贷者，必自挞之。族戚闻者皆贤之，以为是必能兴起吾家矣。

……夏大水，室内水深三尺，张太宜人与某兄弟浮板以栖，断炊竟日。及暮，伯外祖篆园先生遣仆来，知之，馈以斗米薪炭，乃得食。秋七月，春树府君卒于仪征县署……八月，奉丧归里。张太宜人初闻讣，大恸几绝，老妇张氏救之，得苏，设位成礼，族戚来吊者咸叹异焉。十二月，某患痘，甚危，大兄每日黎明往候医，岁暮衣薄，风雪中立檐下以俟。医者门启，见之感动，为先诊某，不责谢。某于是悲愤苦读，朝以日曙，夜四鼓不休，倦惟伏案而已。母怜之，冬夜深，辄呼冷曰："我足僵矣。"乃登床抱母足而眠，遂以为常。

［清］姚莹《先太宜人行略》

莹兄弟方幼，太宜人竭蹷，延师教之。每当讲授，太宜人屏后窃听，有所开悟则喜，苟不慧或惰，则俟师去而答之。夜必篝灯自课，莹兄弟《诗》《礼》二经，皆太宜人口授。且夕动作，必称说古今贤哲事，乡里中某也才、某也不肖，历举之以为法戒。又时及本朝掌故，盖所闻于外家诸老先生者。及学为文，太宜人手钞制义数十篇、唐诗百首与读，字画端楷，业师惊叹。

……乾隆甲寅，桐城大水，室中水三尺，浮板以栖，炊爨为断，外伯祖箓园先生暨群舅馈之米炭，乃得食。然太宜人甚自好，族戚虽丰厚，未尝以贫乏告。里人某暴富，兄弟以资为大官，闻太宜人之贤，欲婚莹兄弟，或居间为言，太宜人不许，曰："吾不以贫乏乞食族亲，顾令吾儿仰妇家钱耶！"

[清] 姚莹《上座师赵分巡书》

莹幼遭轲，贫不自存，家君长岁客游，希闻训诰，赖家慈机杼之下课以诗书，间述古人事迹及先世懿行勖勉，是以束发即略知为人。

《姚莹家族往来书信》，转引自施立业《姚莹年谱》

人以立志为先。吾年十二患痘症，时值岁终，索逋者至，太夫人因侄张某有欠金，寅夜徒步往取，某怒，大詈，且谓无是事。太夫人恚而归，泣以告吾。吾大痛，抚床泣曰："自兹以往，儿请立志发愤也。"故吾一生必以拯恤乡邻为急。汝其能继吾志乎？

英雄儿女原无别

——吕碧城外家母教传统

　　晚清到民国时期，一位安徽女性名动神州，她就是出自旌德县庙首乡吕氏家族的女儿吕碧城。这位生于清光绪九年（1883）的女作家，被今日研究者推为"李清照后第一人"，二十岁就赢得"绛帷独拥人争羡，到处咸推吕碧城"的巨大声誉，二十一岁出任天津女学堂总教习，名扬京津。尤其值得注重的是，吕家不仅碧城出类拔萃，其余姐妹也个个才华出众，大姐吕湘、二姐吕美荪，都曾出任女子学校校长，小妹也曾担任厦门女子学校的教师。

　　早在晚清年间，吕碧城就推出《论提倡女学之宗旨》

《兴女学议》等文章，宣称女学之兴"须以开女智兴女权为根本"，女学之要并不仅仅在于"宜家善种"，其宗旨不仅要使女性"对于家不失为完全之个人"，而且要"对于国不失为完全之国民"，这就认定了女性与男性同样具有个人和国民的双重身份，应当享有双重的权利与义务。在这段时间里，她以"欲拯二万万女同胞出之幽闭羁绊黑暗地狱，复其完全独立自由之人格，与男子相竞争于天演界中"的豪情，办女学，写诗文；姐姐吕美荪也创作"开通女界，振起闺风"之《女国民歌》，广泛流传。

那么，吕氏姐妹身后，站着一位什么样的母亲，才能成就她们如此辉煌的事业？

说到这位母亲，我们的话题就不能不追溯到清道光十八年（1838）。那一年，出自安徽来安的进士、太原知府武应旸迎娶了继妻沈善宝。沈善宝是道咸年间著名的女诗人，其作品纵谈天下大事，衡量古今人物，显示了那一时代女性难得的独立意识。虽然父亲早逝，身世坎坷，沈善宝却不畏艰难，凭借自己的才华，以出售诗画、开办女塾所得，供养兄弟求学，直到三十岁才嫁到武家。这时，武应旸前妻去世，留下了两个女儿。沈善宝不仅在生活上照料她们，更指点她们读诗书，做文章，将"踏出闺帷、操剑护国""不信红颜都薄命"的人生观，灌注在女儿们的生命中。从小在沈善宝身边长大的武笙霞，就曾与继母通力合作，编写了中国文学史上传之久远的《名媛诗话》。

若干年后，武笙霞嫁给来安县举人严玉鸣，生下女儿严士瑜。这是一段国事日艰、民不聊生的岁月。清政府与太平军的战争对长江中下游一带社会经济造成极大的破坏，严玉鸣就曾有一段惊险的被掳经历。然而，即便是在如此的艰难困苦之中，武笙霞依然坚持诗书传承。女儿严士瑜熟读诗书，二十七岁成为旌德进士吕凤岐的继室，也就是吕氏四姐妹的母亲。这又是一位苦命的才女。丈夫去世以后，因为没有儿子，严士瑜与女儿一起，被族人赶出家门。万般无奈之中，她只得带着孩子们逃难到来安母家，几年后又被生活所逼，险些丧命。多年后，她的女儿吕美荪曾赋诗描述当年的惨状："覆巢毁卵去乡里，相携痛哭长河滨。途穷日暮空踟蹰，朔风谁怜吹葛巾？"颠沛流离之中，严士瑜诗稿尽失，但心中的理想没有泯灭。目睹甲午海战失败后维新思潮的兴起，都市中新学的创办，乡村经济凋敝带来的传统文化的迅速没落，她做出一个果断的决定：

带领女儿们远走天津，投靠哥哥严朗轩，不为别的，只为让孩子们得到更好的教育。

就这样，严士瑜母女来到天津。正是在这里，吕碧城姐妹实现了她们最初的腾飞，成为中国近现代妇女史上成就卓著的人物。试想，假如没有来自高外祖母、外祖母以及母亲一脉相传的女性自觉意识，没有母亲的教养、眼光，吕氏女儿何以能开创出一片生活的新天地？

文献资料：

雷瑨、雷瑊《闺秀诗话》卷一

武寅斋太守德配沈湘佩夫人。沈湘佩夫人初及笄时，怙恃两失。在京城以诗考婿。武貌不扬，诗亦尔尔，夫人相于骊黄之外，独与其选。

陈诗《皖雅初集》卷三十七

钱塘沈湘佩夫人，才女也。少孤，父韵秋先生（琳）官义宁州州判，为同僚所潜，罢职，自戕，时嘉庆二十四年，夫人年方十二。居数年，得父执资助，奉母归杭。夫人性敏慧，于诗、文、词、书画靡弗工。以先世与予先祖相之公有文字谊，常来盐经历署请益。先曾祖遂认为义女，恒居署中，为执柯，适来安武寅斋礼部（凌云后改名应旸）为继室，后随宦山西朔平、太原等郡。咸丰季年还京师，寄居不归。同治某年卒。予金氏祖姑尝言，先祖既归田，值杖国之岁，夫人犹自京师寄骈文为寿，后毁于洪杨之乱。当时如梁晋竹《两般秋雨庵随笔》、孙诗樵《余墨偶谈》皆称述夫人诗词，其为名流推重如此。

陈诗《皖雅初集》卷三十二

先曾大父相之公耽诗，嘉道间宦浙，结西湖吟社。钱塘沈韵秋秀才（琳），同邑章樵云大令（邦彦）皆社友也。沈既官义宁州州判，卒于任。其女湘佩（善宝）年甫十二，旋侍母归里。性早慧，能诗文，先曾大父留居经历署中，认为义女，以教以养，湘佩女士学术遂底于成。既笄，先曾大父为执柯，适来安武寅斋礼部（凌云后改名应旸）为继室。武后于道咸间官山西朔平、太原知府，先曾大父已不及见矣。武亦诗人，（诗）近觅得其遗稿，载来安诗中。

陈诗《皖雅初集》卷三十七

严士瑜，字韵娥，来安县人。琴堂孝廉玉鸣之女，适旌德吕瑞田学使凤岐为继室。

吕贤曰：先母严淑人克柔克俭，年二十七嫔于我先君。幼怜于亲，得其诗学，亦上承其外大母沈湘佩夫人之续余也。既鳌居，提携幼弱，备极艰辛，衰年卒于沪渎，即葬静安寺第六泉旁。

陈诗《皖雅初集》卷二十一

吕贤曰：先考登贤书后，充景山宫教习，甲戌考授内阁中书，光绪丁丑朝元改翰林院庶吉士，旋授职编修，历充本衙门撰文、国史馆协修、玉牒馆纂修，壬午简放山西学政。任满乞病归，侨居六安，构长恩精舍，藏书万卷。乙未冬卒。两兄皆前母蒋淑人出，先卒。母为铅山蒋心余太史曾孙女，亦能诗。吾母为来安严琴堂孝廉之女，乃武寅斋太守沈湘佩夫人之外孙女，来归先考为继室，生四女。先考既卒，恶族争继嗣，占家产，遗稿尽失。仅忆断句："吞花笑女痴"五字，后又于六安宗人处抄得《流波硐》七古一篇，所存止此。

英敛之《吕氏三姊妹集序》

吕碧城女士为前山西学政瑞田公之季女，甲辰暮春为游学计至津，主予家。……碧城（词）则清新俊逸，生面别开，乃摘尤佳者登之《大公报》中，一时中外名流投诗词、鸣钦佩者纷纷不绝，诚以我中国女学废已久，间有能披阅书史、从事吟哦者，即目为硕果晨星，群相惊讶。况碧城能辟新理想，思破旧痼弊，欲拯二万万女同胞出之幽闭羁绊黑暗地狱，复其完全独立自由人格，与男子相竞争于天演界中。尝谓："自立即所以平权之基，平权即所以强种之本，强种即所以保国而不至于见侵于外人，作永世之奴隶。"嗟乎！世之峨高冠、脱长绅者多未解此，而出之弱龄女子，岂非祥麟威凤不世见乎？

《旌德县志·人物》

吕碧城（1883—1943），近代杰出女词人，通晓英、法、德三国文字，出身于旌德县仕宦之家。行名贤锡，一名若苏，字圣因，号曼智，别名较多，有晓珠、信芳词侣、宝莲、兰清、清扬、遁天等。

父吕凤岐，清光绪三年（1877）进士，官至山西学政，后定居安徽六安。家有"长恩精舍"书斋，藏有善本、抄本3万余卷。吕碧城姐妹四人，自幼受家学熏陶，皆以文才驰名。吕碧城排行第三，禀赋尤为聪慧，文思敏捷，为姐妹中皎皎者。其父视若掌上明珠。碧城5岁即以"秋雨打梧桐"对其父"春风吹杨柳"，人皆称奇。7岁能绘巨幅山水，12岁诗文成篇。后因丧父，家产被外人侵占，随母依舅生活数年。吕碧城早年载誉文坛。20岁时只身赴津，被天津《大公报》经理英敛之特邀为助理编辑。此后，吕碧城在京、津各报主持笔改，文名大起，每有词作问世，读者争相传颂。诗人樊增祥亦表"深佩"，并以《金缕曲》一词赠勉。辛亥革命后，吕碧城在上海参加南社，与词坛名家交往，诗词益精，被柳亚子赞为"足以担当女诗人而无愧"。吕碧城初有《信芳集》刊行，晚年亲自审订新旧诸作，汇印成《晓珠词》4卷。其诗词多出新意，脍炙人口，反映现实。《近三百年名家词选》录66位名家词作498首，目碧城5首殿后，有"一代词媛"之称。章太炎夫人汤国黎称其"留得人间绝妙词"。

四代相传儒雅风

——汪定执之母曹婷

歙县雄村是个青山环抱、绿水萦绕的古村落。村中"四世一品坊""大中丞坊"和竹山书院，无不向世人彰显着它深厚的文化底蕴。同治初年的一天，村中世代书香的曹氏家族正在办喜事，著名画家、举人、宣城教谕曹崇庆的女儿曹婷就要出嫁了。父亲与继母久久地牵着女儿的手，热泪盈眶，依依不舍，左邻右舍对即将出嫁的曹家女儿也是交口称赞。大家都知道，这位婷儿姑娘自幼丧母，多年来无微不至地孝敬父亲、孝敬继母，实在难得。

伴随着迎亲的鼓乐鞭炮声，曹婷款款进入夫家。丈夫汪国炽上有奶奶、父亲、继母，下有众多姊妹。身处偌大一个家庭，想要当个好媳妇实在不易。但曹婷不怕。她尽心竭力孝敬长辈，一片赤诚爱护姊妹，很快就赢得全家的赞扬。日子一天天飞快地过去，婆婆旧病复发，曹婷衣不解带，白天黑夜侍奉左右，可老人还是在儿女撕心裂肺的哭声中去世了。这时，环绕在汪国炽身边的是三个妹妹，远远躲在一边哭泣的，还有一个父母双亡的侄女。都说嫂嫂与小姑相处难，何况是四个小姑？可曹婷什么也没说，紧紧地将她们一个个搂在怀中，毫不犹豫地担当起抚养、教育的重任。虽然每天面对的是繁杂琐屑的家务，但一有空闲，曹婷就会与家人吟咏酬唱，让这个温暖的大家庭时时萦绕着典雅书香。

榜样的力量是无穷的。母亲的暖暖爱心与儒雅之风，不知不觉地代代相传。曹婷的儿子汪定执长大后，不仅"诗文皆有法度"，而且是国内画梅高手。其学识、画功、人品，深得沈尹默、傅抱石、汪勖予、杨千里、高吹万、林散之、许承尧等名家推崇，被誉为"学有根底""俯仰前尘，磊磊有生气"；两个儿媳吴修月、张庆云，个个能诗；孙子汪已文，是民国时期著名的诗人、教育家，不仅培育了数千名弟子，还著有《蔊葹集》《课余随笔》《改庐笔记》《新安画苑录》《黄宾虹年谱》等；重孙汪孝文，也是当代著名收藏家。

文献资料：

中华民国史事纪要编辑委员会《中华民国史事纪要（初稿）·中华民国三十四年（1945）》

国民政府准予题颁"孝行可风"匾额，以表扬歙县节妇汪曹婷。

兹志安徽省节妇汪曹婷之事迹略曰：汪曹婷，系安徽省歙县名孝廉曹崇庆之女，同邑汪国炽之妻。系出书香，生而贤淑。幼即失恃，善奉椿庭，婉愉承志。于归后，相夫敬礼，不苟言笑。事祖姑舅姑，亦以孝闻。姑夙疾时发，汪曹氏服劳奉养，生事汤药，死尽哀毁，人无间言。

汪曹氏当姑殁时，有夫妹行四、五、六者三，女侄之无父母者一，问燠嘘寒，皆力任之。家庭琐屑，事必身先。操其难，让其易，各得欢心。卒使兴仆能植，扶弱克振。仪行淑德，尤为人所难能。

严父慈母一身担

——胡适之母冯顺弟

提到中国现代史上的五四新文化运动，人们立刻就会想到胡适。陈独秀说胡适是"首举义旗之急先锋"，鲁迅也说："在倡导文学革命之初，作品只有胡适的诗文和小说是白话。"

胡适老家在安徽省绩溪县的上庄村，父亲名叫胡传，以经国济世为己任。他走南闯北，精明干练，最后几年在台湾任知州，有"能吏"之称。可惜，胡适四岁时，父亲不幸逝世。从此，比父亲整整小三十岁的母亲冯顺弟开始执掌家政。由于胡适的长兄、二姐都比冯顺弟年龄大，所以，二十三岁的她执掌这样一个大家庭，真是千难万难。

但千难万难难不倒有心人。冯顺弟虽然年轻，认不得多少字，却明白让儿子读好书才是做母亲最重要的任务。胡适三岁前，母亲就让他认方块字，学了一千多字。等到进私塾后，因为个子太矮，胡适爬不上凳子，每天还要人抱上抱下，可母亲从不放弃。在私塾里，胡适读书九年。为了资助儿子读书，冯顺弟不惜变卖自己的首饰，不惜借贷。那年月，私塾里的先生教法很简单，只要学生死记硬背。冯顺弟觉得不行，她得让儿子读书必求甚解：每读一字，就得明白一字的意思；每读一句，就能讲出一句的原委。为了实现这个目标，虽然家境窘迫，别的小孩学费只有两块，但冯顺弟第一年就交了六块，以后每年递增，最后一年加到十二块，就是要拜托先生为儿子讲书。有了母亲这份额外的付出，胡适在学习上的收获自然比一般孩子更多。

冯顺弟虽然只有一个宝贝儿子，可她从不娇惯。胡传曾经对她说过曾子名言"吾日三省吾身"，她便坚持以此鞭策儿子。每天晚上睡觉之前，顺弟坐在床沿上，叫胡适站在床前，好好想一想今天做错了什么事，说错了什么话，该背的、该写的功课是否完成。早上天蒙蒙亮，她就会把儿子叫醒，催儿子快点上学。常常是同学们走进学堂时，胡适已经刻苦攻读好久了。小时候的胡适，既聪明又调皮，也免不了瞎闹。每逢做错了事，母亲从来不在人前责备他，只用严厉的眼光一瞅，儿子就被吓住了。到了夜深人静，母亲才关起房门狠狠地教训他，让他牢牢地记住自己的过失。

胡适天资聪颖，加上母亲管教有方，十一岁时，他已经能用朱笔点读《资治通鉴》，而且独出心裁，自己创编了一部《历代帝王年号歌诀》。这部稿子传到当地知府手中，知府大为赏识，让人用宣纸印了数百本，到处散发。胡适从此得了个"小神童"称号，方圆数百里赫赫有名。然而，就在这一时期，胡家的经济每况愈下，但母亲还是下定决心送儿子去上海，继续求学。临行前，她专为儿子做了一只枕头套，用紫红色线绣了两行文字："男儿立志出乡关，读不成名死不还。"

1910年初，胡适的二哥得知同年6月份京城将举行留美官费生招生考试，强烈建议胡适参加。胡适写信告诉母亲，冯顺弟立刻回信，鼓励儿子抓紧攻读，进京赴考。考取留美官费生之后，胡适写信向母亲报喜。深明大义的母亲当即复信给儿子："你到美国后，宜勤寄家信，每月至少必须一次。每年必照两张相片寄家，切勿疏懒。""汝此次出洋，乃汝昔年所愿望者，今一旦如愿以偿，余心中甚为欣幸……一切费用皆出自国家，则国家培植汝等甚为深厚。汝当努力向学，以期将来回国为国家有用之材，庶上不负国家培植之恩，下有以慰合家期望之厚也。"

胡适在美国留学期间，大哥因病去世。为办丧事，胡家变卖了大部分田地、房产，日子更加艰难，冯顺弟也得了重病，卧床不起。但她咬牙忍着，不肯将病情告诉远在美国的胡适。为了防止不测，她特地请照相馆的师傅来家，为她照了一张相，并注明日期，妥善保存。她告诉家里人："吾病若不起，慎勿告吾儿，以免扰其情绪，分其心思。俟吾儿学成归国，乃以此影与之。吾儿见此影，如见我矣。"

1917 年，胡适通过了哥伦比亚大学博士论文的答辩，取得博士学位，回到了家乡。母亲倚着门扉，远远望见儿子，忍不住泪流满面。胡适回国后，家里的经济状况好转了，冯顺弟却因劳累过度，体力不支，第二年便与世长辞，年仅四十六岁。这位文化程度不高的山村妇女，呕心沥血二十余年，为现代中国培育了一位文化巨匠。

文献资料:

胡适《四十自述·九年的家乡教育》

我母亲二十三岁就做了寡妇,从此以后,又过了二十三年。这二十三年的生活真是十分苦痛的生活,只因为还有我这一点骨血,她含辛茹苦,把全副希望寄托在我的渺茫不可知的将来,这一点希望居然使她挣扎着活了二十三年。

我父亲在临死之前两个多月,写了几张遗嘱,我母亲和四个儿子每人各有一张,每张只有几句话。给我母亲的遗嘱上说穈儿(我的名字叫嗣穈,穈字音门)天资颇聪明,应该令他读书。给我的遗嘱也教我努力读书上进。这寥寥几句话在我的一生很有重大的影响。我十一岁的时候,二哥和三哥都在家,有一天我母亲向他们道:"穈今年十一岁了。你老子叫他念书。你们看看他念书念得出吗?"二哥不曾开口,三哥冷笑道:"哼,念书!"二哥始终没有说什么。我母亲忍气坐了一会,回到了房里才敢掉泪。她不敢得罪

159

他们，因为一家的财政权全在二哥的手里，我若出门求学是要靠他供给学费的。所以她只能掉眼泪，终年不敢哭。

但父亲的遗嘱究竟是父亲的遗嘱，我是应该念书的。况且我小时候很聪明，四乡的人都知道三先生的小儿子是能够念书的。所以隔了两年，三哥往上海医肺病，我就跟他出门求学了。

我在台湾时，大病了半年，故身体很弱。回家乡时，我号称五岁了，还不能跨一个七八寸高的门槛。但我母亲望我念书的心很切，故到家的时候，我才满三岁零几个月，就在我四叔父介如先生（名玠）的学堂里读书了。我的身体太小，他们抱我坐在一只高凳子上面。我坐上了就爬不下来，还要别人抱下来。但我在学堂并不算最低级的学生，因为我进学堂之前已认得近一千字了。

……还有一个原因。我们家乡的蒙馆学金太轻，每个学生每年只送两块银元。先生对于这一类学生，自然不肯耐心教书，每天只教他们念死书，背死书，从来不肯为他们"讲书"。小学生初念有韵的书，也还不十分叫苦。后来念《幼学琼林》《四书》一类的散文，他们自然毫不觉得有趣味，因为全不懂得书中说的是什么……

160

　　我一个人不属于这"两元"的阶级。我母亲渴望我读书，故学金特别优厚，第一年就送六块钱，以后每年增加，最后一年加到十二元。这样的学金，在家乡要算"打破纪录"的了。我母亲大概是受了我父亲的叮嘱，她嘱托四叔和禹臣先生为我"讲书"：每读一字，须讲一字的意思；每读一句，须讲一句的意思。我先已认得了近千个"方字"；每个字都经过父母的讲解，故进学堂之后，不觉得很苦。念的几本书虽然有许多是乡里先生讲不明白的，但每天总遇着几句可懂的话。我最喜欢朱子《小学》里的记述古人行事的部分，因为那些部分最容易懂得，所以比较最有趣味。

　　……但这九年的生活，除了读书看书之外，究竟给了我一点做人的训练。在这一点上，我的恩师便是我的慈母。

　　每天天刚亮时，我母亲便把我喊醒，叫我披衣坐起。我从不知道她醒来坐了多久了。她看我清醒了，才对我说昨天我做错了什么事，说错了什么话，要我认错，要我用功读书。有时候她对我说父亲的种种好处，她说："你总要踏上你老子的脚步。我一生只晓得这一个完全的人，你要学他，不要跌他的股。"（跌股便是丢脸，出丑）她说到伤

161

心处，往往掉下泪来。到天大明时，她才把我的衣服穿好，催我去上早学。学堂门上的锁匙放在先生家里；我先到学堂门口一望，便跑到先生家里去敲门。先生家里有人把锁匙从门缝里递出来，我拿了跑回去，开了门，坐下念生书。十天之中，总有八九天我是第一个去开学堂门的。等到先生来了，我背了生书，才回家吃早饭。

我母亲管束我最严，她是慈母兼任严父。但她从来不在别人面前骂我一句，打我一下。我做错了事，她只对我一望，我看见了她的严厉眼光，就吓住了。犯的事小，她等到第二天早晨我睡醒时才教训我。犯的事大，她等到晚上人静时，关了房门，先责备我，然后行罚，或罚跪，或拧我的肉。无论怎样重罚，总不许我哭出声音来。她教训儿子不是借此出气叫别人听的。

……我母亲二十三岁做了寡妇，又是当家的后母。这种生活的痛苦，我的笨笔写不出一万分之一二。家中财政本不宽裕，全靠二哥在上海经营调度。大哥从小便是败子，吸鸦片烟，赌博，钱到手就光，光了就回家打主意，见了香炉就拿出去卖，捞着锡茶壶就拿出去押。我母亲几次邀了本家长辈来，给他定下每月用费的数目。但他总不够用，到处都欠下烟债赌债。每年除夕我家中总有一大群讨债的，每人一盏灯笼，坐在大厅上不肯去。大哥早已避出去了。大厅的两排椅子上满满的都是灯笼和债主。我母亲走进走出，料理年夜饭，谢灶神，压岁钱等事，只当做不曾看见这一群人。到了近半夜，快要"封门"了，我母亲才走后门出去，央一位邻舍本家到我家来，每一家债户开发一点钱。做好做歹的，这一群讨债的才一个一个提着灯笼走出去。一会儿，大哥敲门回来了。我母亲从不骂他一句。并且因为是新年，她脸上从不露出一点怒色。这样的过年，我过了六七次。

胡适《先母行述》

适远在异国，初尚能节学费，卖文字，略助家用。其后学课益繁，乃并此亦不能得。家中日用，皆取给于借贷。先母于此六七年中，所尝艰苦，笔难尽述。适至今闻邻里言之，犹有余痛也。

辛亥之役，汉口被焚，先长兄只身逃归，店业荡然。先母伤感，病乃益剧。然终不欲适辍学，故每寄

书，辄言无恙。及民国元二年之间，病几不起。先母招
照相者为摄一影，藏之，命家人曰："吾病若不起，慎
勿告吾儿；当仍倩人按月作家书，如吾在时。俟吾儿学
成归国，乃以此影与之。吾儿见此影，如见我矣。"已
而病渐愈，亦终不促适归国。适留美国七年，至第六年
后始有书促早归耳。

民国四年（1915）冬，先长姊与先长兄前后数日相继
死……盖吾家分后，至是又几复合。然家中担负增，先母
益劳悴，体气益衰。

民国六年（1917）七月，适自美国归。与吾母别十一
年矣。归省之时，慈怀甚慰，病亦稍减。不意一月之后，
长孙思明病死上海。先长兄遗二子，长即思明，次思齐，
八岁忽成聋哑。先母闻长孙死耗，悲感无已。适归国后，
即任北京大学教授；是年冬，归里完婚，婚后复北去，私
心犹以为先母方在中年，承欢侍养之日正长；岂意先母屡
遭患难，备尝劳苦，心血亏竭，体气久衰，又自奉过于俭
薄，无以培补之；故虽强自支撑，以慰儿妇，然病根已深，
此别竟成永诀矣。

杜春和《胡适家书·胡母谕胡适·1910 年 9 月》

穈儿知悉:

汝自入京考试以后,所发各信均已收到,藉知一切。由日本寄汝二兄之信,汝二兄亦将原信寄来。昨日又接由横滨寄来安禀,一切旅情详细叙明,阅之甚为欣慰。刻下想已抵美京入学。余心无他虑,惟恐汝身体素不强壮,舟车数万里,辛苦异常,兼之风俗人情与吾中国必多阂隔,恐初至之时,心中必多不适。汝能体余心,时加保护身体,则余心慰矣。汝此次出洋,乃汝昔年所愿望者,今一旦如愿以偿,余心中甚为欣幸。从此上进有阶,将来可望出人头地。但一切费用皆出自国家,则国家培植汝等甚为深厚。汝当努力向学,以期将来回国为国家有用之材,庶上不负国家培植之恩,下有以慰合家期望之厚也。大禹圣人乃惜寸阴,至于后人当惜分阴,矧出洋留学期只数年,其光阴又甚迫乎?汝当勉之!

至于家中诸事,余自有布置,毋劳挂念。余之身体历年为家计所迫,颇觉不舒。今年以来汝二兄得海城之差,汝得偿出洋夙愿,吾家家声从此可期大振,心境为之泰然。

刻下身体极健，饮食亦佳，较之旧年，大有天渊之别。惜乡间无照相者，若照一相片寄汝，当知余言之非虚诳也。家用虽紧，幸可勉强支持。汝二兄来信，亦曾言及可以相助，汝尽可不必记念。至于每月之学资，既承国恩优给，若有羡余，则寄家用；若实不能抽寄，当即禀明，不必勉强，余当另行设法也。

汝到美后，学中功课及美国风俗当随时禀告，不可懒笔为要。汝岳家余亦有信告知。汝前信谓当作书寄与岳母，当即书寄可也。

杜春和《胡适家书·胡母谕胡适·1912 年 6 月 18 日》

縻男知之：

昨日接到由长安镇转递来自美阳历五月一日所发之信，一切展悉……

近来汝来信不列号头，实为疏忽。嗣后务须逐次列出，最为要紧。来函又云，今年功课稍忙，故不能多作书，此亦非是。须知家外相隔数万里，吾之念汝，犹汝之念吾，作家书亦非难事，岂可因功课而怠于报平安之信乎？今与汝约定每月二次，不许再少。相片顶好每季拍一次（以小号价廉者为贵），或上下两季各拍一次寄家即可……

引子携女向自由

——章洛声之母汪瑞英

安徽绩溪是一个位于皖南崇山峻岭中的小县，它东依天目，西枕黄山，境内还有徽岭逶迤，全县千米以上山峰就有46座，耕地极少。与此同时，它又是一个水资源极其丰富的地方，县内两大河流分属两支水系，徽水河一路辗转北上，入青弋江、长江，是绩溪人前往扬州、泰州、南京，并转道北京的便捷通道；登源河南下新安江，千百年来一直是绩溪人奔往杭州、上海的最佳途径。就这样，小小的绩溪县不仅有了山与水的结合，居民也有了山地与水乡性格的杂糅。一方面，环境造就性格，为图谋生存，绩溪人具有山地民众特有的坚韧刻苦与铮铮铁骨；另一方面，奔流的河水"流离而复合，有如绩焉"，又赋予绩溪人水的灵秀聪慧、清丽浪漫。汪瑞英就生活在这样一个地方。

说起汪瑞英这个名字，可能熟悉的人不多。但要提起她的娘家兄弟，那就会使许多人心生敬意。她的大弟弟名叫汪希颜，早在戊戌变法前夕，就进入南京陆师学堂，得以结识章士钊、陈独秀，并将自己的弟弟汪孟邹介绍给这两位朋友，由此开始了陈独秀与汪孟邹几十年的革命情谊，也开始了绩溪学人与辛亥革命和五四文学革命的直接联系。汪孟邹被称为"维新巨子"，他一手创办了亚东图书馆，出版《新青年》杂志，是陈独秀、胡适的战友，为新文化运动立下赫赫功勋。

至于汪瑞英，则是在汪希颜与汪孟邹的人生历程中起到重要作用的一位女子。她比汪孟邹整整大了十二岁。汪家兄弟小时候读的是族中的私塾，孟邹入学时刚刚七岁。学堂有点远，爹娘不放心两个调皮捣蛋的男娃娃独自在外，瑞英就成了尽职尽责的陪读兼保姆。可谁也没有想到，这位上课时静静坐在一边做女红的"陪读"，竟然在"陪"中成材。几年后，她不仅背熟了弟弟们的课文，能写一手清丽的小楷，还学成中医，造福乡里，成了一位闻名遐迩的女神医。

二十七岁那年，汪瑞英出嫁了，嫁入崇文重教的绩溪"西关章"家做媳妇。这时，在北京，在上海，革命先驱者已经开始为推翻封建王朝、建立一个自由平等的新社会奋发努力。

阵阵强劲的新文化之风吹入皖南大山之中，在弟弟们的影响下，汪瑞英不仅接受了新思想，而且身体力行、付诸实践：为了让大山里的女孩也能接受教育，早在光绪三十一年（1905），她就创办了绩溪城西女塾，亲自授课；女儿出生以后，她顶住来自四面八方的压力，让这个女孩儿成为绩溪历史上第一个天足女性，能够自由自在地奔跑在人生道路上；亚东图书馆开办不久，生意惨淡，门面租金都挣不来，汪瑞英及时寄来银票；陈独秀陷入贫困，夫人高君曼长期卧病，汪瑞英送医送药，呵护备至，解除了陈独秀的后顾之忧。

作为一位母亲，汪瑞英还将自己的人生见解灌注到儿女的生命之中。儿子章洛声长大后，汪瑞英早早将他送到亚东图书馆，跟着舅舅一起为新文化事业努力奋斗。1923

年，章洛声不幸早逝，但他的足迹已经深深地烙印在中国现代文化史上。《胡适日记》里有他的身影，《鲁迅日记》里也留下了他的名字。

至于女儿章笑如，在母亲的教导下更是与众不同。笑如自幼就接受了良好的教育，长大后，母亲送她就读于上海爱国女校。毕业回乡，笑如进入母亲担任校长的女学任教，将科学、民主的种子播撒在家乡女子的心中。她是一个朝气蓬勃的年轻人，曾经与绩溪县在外求学的年轻人一起创办了现代出版史上有名的"徽社"，出版以"联络乡谊，研讨学术，改造乡土"为宗旨的《微音》杂志；曾经与母亲一起组织"天足会"，担任副会长；北伐军进驻绩溪，母亲领导并建立绩溪县妇女解放协会，笑如被公推为会长，通电徽州各地，发布《解除妇女身上的封建枷锁，恢复妇女的人格地位》宣言，成为城乡妇女的朋友和领袖。

1937 年，七十一岁的汪瑞英在乡土的拥抱中闭上了双眼，告别了这个世界。可是，绩溪人却永远忘不了这位大山的女儿，将她的事迹深深地镌刻在绩溪的史册上。

文献资料:

《绩溪县志·教育》

清光绪二十九年（1903）朝廷颁布《奏定学堂草案》，改旧学为学堂。三十年春，仁里村商人程序东、程璘斋兄弟和程松堂、程石塘兄弟出资创办私立思诚初等小学堂（后改两等）……三十一年正月，县署将东山书院改为官立东山高等小学堂。城内秦家巷汪瑞英以其弟孟邹的学馆，改招女童入学，自任负责人和教员，采用新学，人称城西女校，开徽州女子学校教育之先河。

《绩溪县志·杂闻杂记》

民国九年（1920），女校校长汪瑞英及教员章笑如、舒佩如等，在公共体育场搭台，举行绩溪县女子天足运动会。到会男女甚众。首由汪瑞英演说，讲述缠足之害处及天足之好处。继之当众发给没有缠过足的少年女子钟形金质奖章，放大脚的青年女子，发钟形银质奖章。

《绩溪县志·妇女团体》

民国二年（1913），青年知识分子胡在渭、黄梦飞、汪瑞英（女）等，建立绩溪县妇女天足会，选举胡在渭、汪瑞英为正、副会长。天足会宗旨是宣传妇女放足和天足。汪瑞英带头放足，其女章笑如为全县女孩第一个天足者。天足会取得社会资助和县署支持，规定凡40岁以上妇女放足者，发给奖状和金牌；40岁以下妇女放足者，发给奖状和银牌，并特别奖励天足者。民国五六年天足运动出现高潮，受其影响，扬溪、上庄等地及邻县毗连乡村亦先后成立天足会。城乡妇女放足和天足者越来越多，千百年来影响妇女生产、生活的缠足陋习渐被铲除。

……民国十六年（1927）2月国民党县党部设妇女部，汪瑞英任部长，随之成立县妇女解放协会，会长章笑如。协会向县内外散发《宣言》，号召全县妇女联合起来，与恶势力宣战，解放妇女，尊重妇女人格。10月10日以县立女子小学校学生会名义向各界发出"绩溪女界解放万岁"口号，呼吁"反对摧残女权的旧礼教旧习惯"。

万正中《徽州人物志·名媛》

汪瑞英（1866—1937），清末民国时绩溪人。幼从其弟汪孟邹认字习字，后习医学。成婚后，又从城内名医胡贯之习妇、儿科。三十岁开始免费为妇婴治病，城乡登门求医者不绝。

四十岁时，创办城西女塾，自授新课。民国四年（1915），首创绩溪县女子小学，女生增至百人。旋建成新宿舍楼，更校名为绩溪县第一女子小学。曾于民国二年（1913），倡导组织天足会。十六年（1927），被选为国民党绩溪县党部妇女部负责人，领导成立绩溪县妇女解放协会。并通电徽州各地发布《解除妇女身上的封建枷锁，恢复妇女的人格地位》宣言。

颜非《胡适与许怡荪》

章洛声，名洪钟，常用一"钟"字署名，绩溪县城人，是汪孟邹之妹（编者按：应为"姐"）汪瑞英之子。曾在上海亚（东）图书馆编辑部工作。李章白任北京大学出版部主任时，他也在该部任事。还曾担任过《努力周报》的经理。他1923年因病死在绩溪老家。胡适曾在《一年半的加颈》一文中说："章洛声对于《努力》的牺牲和贡献，比我一班做文字的人都更多更大。"

愿身速化冰霜去

——宋亦英之母刘素

1959 年的一天，周恩来总理走进人民大会堂安徽厅。迎面一幅巨大的"迎客松"铁画屏风，工艺精湛，气势恢宏，他不由得连连称赞："这个屏风做得太好了！有政治气派，有艺术魅力，是美与力的最佳结合。"紧接着，他又看到大厅中美观大气的窗帘，问："这窗帘是谁设计的?"在场的安徽省文联主席赖少其回答："这都是一位名叫宋亦英的女同志设计的。"他还向总理介绍，宋亦英是一位女才子，诗也写得很好。

其实，宋亦英何止是女才子？她二十六岁参加革命，成为一位英姿飒爽的新四军女战士，担任过国统区上海小组联络员、新四军《黄山报》美术编辑、皖南地委文工队指导员。在艰苦的战争岁月中，宋亦英努力工作，也尽情泼洒笔墨，以诗词描绘祖国大好山河，抒写心中的革命豪情。在《皖南行军诗抄》中，她写道："万里秋河似练，一天皓月如银。沉沉鼓角别离情，水绕山萦梦近。抛却当年花草，侧身此际风云。宝刀如雪试摩频，杀敌歼仇务尽！"听到淮海大捷，解放军就要横渡长江的消息，她激情澎湃地填写一首《西江月》："战局秋风落叶，棋枰黑白兴衰。谁王谁寇早安排，看尔猖狂能再！百万雄师待命，千年枷锁应开。遮天帆橹正南来，助我翻江倒海！"

多年来，人们盛赞宋亦英的才华，为她的诗词击节点赞，可宋亦英告诉大家："咏絮清才傲雪姿，生平出处亦吾师。"乱世之中，是母亲为她树立了自立自强的榜样，也是母亲引导她走上诗词之路的。

说起母亲刘素，宋亦英心中总是难以平静。刘素祖籍在皖南旌德县大礼村，幼年丧父，当娘的生活无着，只好改嫁。坚强的刘素拒绝了继父的一切资助，靠做女红养活自己。飞针走线之际，她攻读经史，学写诗词，以文字排解人生的重重艰难困苦。此外，她一方面"挥毫诗思泻江河"，另一方面又潜心学习医术。丈夫失业后，刘素毅然挑起家庭重担，开塾授课，维持一家人的生活。抗战时期，全家背井离乡外出逃难，生计无着，刘素再次挺身而出，以课徒和行医度日。

尤为难得的是，身为家庭主妇，刘素的目光却时时关注着国家民族的兴亡。军阀混战时期，眼看山河破碎，民不聊生，她义愤填膺地在一首纪事古风中写道："人言秦政猛如虎，我言秦猛犹堪许。当时尚有避秦人，觅得桃源干净土。争似而今净土无，东南西北血模糊。"忧国忧民之情跃然纸上。抗战时期，她常常免费为贫苦百姓治病，深得百姓爱戴。难怪女儿曾骄傲地赋词赞美母亲："夸绛帐，誉良医，居然巾帼胜须眉。"

刘素还是一位懂得"放飞"的母亲。儿女外出求学、奋斗，刘素牵肠挂肚，却绝不拖后腿，只以诗作倾吐满怀深情："辞堂燕子各西东，老死空巢百感丛。几度浑疑儿待哺，尚寻香饵扑帘栊。""心似悬旌刻不安，那堪风鹤更摧残。愿身速化冰霜去，荆棘蓬蒿一例芟。"恍惚之中，她又回到儿女嗷嗷待哺的时光，又看到他们在院内奔跑嬉戏，但孩子们早已远行。战争时代，当母亲的实在放心不下，此时此刻，她恨不能以自己的身体去化解冰霜，为孩子们斩除前进路上的荆棘蓬蒿，绝不愿他们无所作为地回到自己的羽翼之下。

正是以母亲为榜样，在母亲的鼓励下，宋亦英青年时代奔走四方，求学上进。国破家亡之际，她毅然投身革命，走上了"报国头颅贱，抛家生死轻，辞亲仗剑海东行"的革命道路。

文献资料：

《旌德县志·人物》

刘素（1877—1945），字守之，祖籍旌德大礼村，生于芜湖。

刘素出身于书香门第，天资聪颖。幼年好学，潜心经史，攻读诗词，童年诗作即在乡里传颂一时。一生所作诗词二三百首，惜多毁于战乱，唯在其女《宋亦英诗词选》中附 30 余首。其诗词格调清新，功力深厚，备受识者赞誉。刘素生活在国内军阀混战时期，眼看山河破碎，民不聊生，她义愤满腔地在一篇纪事古风中写道："人言秦政猛如虎，我言秦猛犹堪许。当时尚有避秦人，觅得桃源干净土。争似而今净土无，东南西北血模糊。民作兵兮兵作贼……"表露了忧国忧民的情愫，并教育子女立志报效国家。

刘素中年后，奋发自学，颇精中医。抗战时期常免费为贫苦百姓施诊，受惠者颇多，深得当地医界推重和群众爱戴。

刘素为人处世，时时以古圣先贤为鉴，她律己甚严，待人宽厚，自奉俭约，助人则乐，广为乡里传颂。

胡迟《当代女词人宋亦英的人生轨迹》

1919 年 12 月，安徽芜湖一个普通商人的家里……家里并不算太富裕，而家庭的礼仪教养却很严格。父亲有相当的文化修养，以待人宽厚正直享誉商界；母亲刘素是当地有名的女诗人，在宋亦英的印象中，母亲是个很有才华、心高气傲的女性……

母亲幼年丧父，外祖母因为生活无着改嫁，母亲固执地拒绝继父的任何资助，靠做女红养活自己。在自力更生的同时，她还凭着聪颖的天资，自攻经史诗词，"挥毫诗思泻江河"，所作诗词曾传诵一时。父亲失业后，母亲毅然挑起家庭重担，开塾课徒，来维持一家人的生活。抗战时期，家庭因逃难破产，又是母亲挺身而出，以课徒和行医度日。难怪宋亦英曾赋词云："夸绛帐，誉良医，居然巾帼胜须眉。"

　　……当时教育界因看重母亲才华，聘请她到芜湖二女中任教，而母亲却婉言谢绝了。理由是：女流之辈，不宜抛头露面；家务纷繁，分身无术。

　　……1945 年，宋亦英富有才华的母亲因家务纠纷，吞食鸦片自尽。宋亦英在八年抗战中饱尝了人亡家破的痛苦，残酷的现实促使宋亦英真正走上了"报国头颅贱，抛家生死轻，辞亲仗剑海东行"的革命道路。

禅心育儿怀大爱

——赵朴初之母陈慧

1990 年，中国民主促进会创始人之一，卓越的佛教领袖、杰出的书法家、著名的社会活动家赵朴初，一路风尘地回到故乡——安徽省太湖县寺前河（今名寺前镇），以母亲的别号——拜石的名义，捐献奖学金两万元。此后，他每年续有捐献，用这些款项培养振兴家乡的科技人才，以报答先母爱念乡人子弟的遗愿。

提起赵朴初的母亲陈慧（字仲瑄），太湖百姓无人不知、无人不晓。陈慧本是武汉人，因父亲在安徽做官，认识了太湖世代书香的赵家，才有了这门亲事。

太湖赵家在中国历史上也算是声名赫赫。从嘉庆元年（1796）开始，赵家代代出进士，光绪皇帝为此御笔亲书"四代翰林"匾额，高悬在赵府大门上。忠孝、勤学、自立、刚正、廉洁、乐施，是赵家世代传承的家风。迈进赵家门槛，陈慧就下决心做一个好媳妇，将优良家风一辈辈传下去。她料理家务，照顾乡邻，处处以慈善为本。有一次，见到一位卖鱼人没有吃早饭，她就热情地端出家里刚刚做好的粑给他吃，还让他带几个粑回家孝敬父母。附近有户姓刘的人家不幸失火，看到他的孩子冬天没有衣服穿，陈慧就从家里找出自己孩子的衣服送过去。村里很多邻居都曾接受过陈慧的帮助。母亲的善良，深深地感染了儿子，赵朴初很小的时候，就会向乞讨者送米、送钱物，一次又一次解救被困的小动物。

作为一名诗书之家的母亲，陈慧时时刻刻将子女的教育放在心上。不过，她并不是单凭口说，更多的还是给孩子营造一个耳濡目染的读书氛围。平时一有空，她就会埋头阅读，还经常与丈夫写诗唱和。料理家务之余，她还完成了一部题为《冰玉影传奇》的剧本。其中"烹茶对卷""悟古人精粹""白发盈头休自馁"等句，给了儿女深刻的印象，使全家人都将读写当作一件乐事。

看着小朴初渐渐长大，有了学习兴趣，父母亲就教他读书写字。有一次，赵朴初到书房找书看，整整齐齐的书被他翻得乱七八糟，母亲此时恰好进入书房，嗔怪地说了一句："七零八落。"不料小朴初竟脱口对出："九死一生。"母亲一愣，不禁为儿子的敏捷才思喜上心头。但也正因为如此，她更懂得不能因为爱，因为不舍，将儿子拴在身边。1920年，元宵节刚过，陈慧就带着刚刚十四岁的朴初远赴上海。她要将儿子引向都市、引向江海、引向遥远的未来，让儿子在广阔天地中搏击风浪。

若干年后，赵朴初正是从上海起飞，成就了一生宏伟的事业。回顾以往，他深深地感到，母亲在自己童年时代所给予的爱和教育，是自己一生最宝贵的财富。母亲身上的书卷气，给了他最直接、最明显的影响，让他懂得什么是爱，什么是人生，什么是自在，什么是圆满。

文献资料：

赵朴初《冰玉影传奇引言》

1990 年，余回故乡安徽太湖县寺前河（今名寺前镇），以先母之别号拜石之名义捐献奖学金人民币二万元。此后每年续有捐献，至今已达十万元。盖欲用以培植掌握科技振兴家乡之人才，以报答先母爱念乡人子弟之遗意。先母姓陈名慧字仲瑄，湖北武汉人。曾祖陈銮，清殿试探花及第，任两江总督。父陈石臣，仕于皖，因与吾家联姻。1911 年，先父炜如公与先母携子女由安庆迁回太湖老宅。1947 年，蒋介石发动内战，先父母因避兵祸，始欲离乡返安庆。临别，先母有诗云："寄住湖山四十年，一邱一壑总留连。"于太湖之山川人物情意至深。先母辞世将五十年，余年已九十，常有子欲养而亲不待之感。爰以吾姐鸣初录藏先母中年时戏作剧本名"冰玉影传奇"者，印若干册，分赠亲友以为纪念。书中人皆化名，沈洁者，先母自谓，传奇中简称"玉"；谢清者，先母之义姐关素，字静之，余兄弟称之为大姨者，传奇中简称"冰"。主要内容乃叙述二人之友情及晚年同隐西湖之愿望。今之观者或可窥见当时社会状态之一二。余少小离家，又屡遭丧乱。先人遗墨几无一存。唯于吾母致关大姨书札中偶记其诗词零句，如"怎得化为明月，照他江北江南？"余少依关大姨如母，姨亦能诗。传奇中酬咏一折所载冰寄玉惜别诗乃姨之亲作也。又有"西风吹老一天秋"之句，皆一般士人所难及。曩昔妇女无受教育之权力，其文艺皆自学得之。假令生于今日，其造诣可胜言哉？此书之校印与装帧设计皆得佛教文化研究所同仁之助，附此致谢。

熊旌旗《赵朴初与故乡太湖》

赵朴初从小受到书香世家的熏陶，父母对他管教尤严。母亲陈氏虽系家庭妇女，但音韵格律娴熟，对他影响颇大。加之私塾先生对他专心指教，使他幼年便进入了音律的乐土，又练得一手好书法。赵朴初自己对这一段生活深有感触，至今念念不忘。他说："我的整个启蒙教育都是在故乡接受的。别看老师都是些普普通通的民众，却给了我智慧，把我引上了探索学术的道路。记得懂事的时候，一次，母亲指着我乱七八糟的书房随意说了句'七零八落'，我也风趣地对出'九死一生'，得到母亲的赞许。从那时起，我就喜欢诗了。"